Hayykitap - 430
Edebiyat - 47

Hüzünlü Bir Ponçik
Çağrı Taner

Hayykitap Edebiyat Yayın Yönetmeni: Caner Yaman
Kapak Tasarımı: Latif Çetinkaya
Sayfa Tasarımı: Turgut Kasay

ISBN: 978-975-2477-59-9
1. Baskı: İstanbul, Ekim 2017

Baskı: Yıkılmazlar Basım Yay.
Prom. ve Kağıt San. Tic. Ltd. Şti.
Evren Mah. Gülbahar Cad. No: 62/C
Güneşli - İstanbul
Sertifika No: 11965
Tel: 0212 630 64 73

Hayykitap
Zeytinoğlu Cad. Şehit Erdoğan İban Sk.
No: 36 Akatlar, Beşiktaş 34335 İstanbul
Tel: 0212 352 00 50 Faks: 0212 352 00 51
info@hayykitap.com
www.hayykitap.com
facebook.com/hayykitap
twitter.com/hayykitap
instagram.com/hayykitap
Sertifika No: 12408

Hüzünlü Bir Ponçik

Çağrı Taner

Gel Diye...

İliğime, kemiğime işlemiş gibisin. Canımda, damarımda pıhtılaşmış habis bir ur gibi aşkın...

İlacı yok dermanı yok.

Kaçmak istemediğim, kaçmaya hiç niyetlenmediğim, bir aşk hapishanesinde tutukluyum sanki.

Gülüşündü
hoşuma giden,

bir kez daha
güler misin?

Çocuksun

Çirkin bir zamanın kirli yaşanmışlıkları sarmışken bedenimi, en taze, en masum duyguyu tattım bir anda. Hüzünlü bakışlarındaki çocuksu pırıltıları dolduruverdin aniden dünyama. Hep kaçtığım, varlığını reddettiğim, var diyenlere gülüp geçtiğim o garip tutulmayı yaşadım seni ilk gördüğümde.

Anlamam ve bu dumur anından kurtulmam ise baya zaman aldı. Belki tensel, şekilci bir beğeni bu sadece. Geçecek bir süre sonra başka bir güzeli görünce, diye teselliler verdim beynime. Hayır, bu geçici bir körlük durumu sadece, senden başkasını görmemek de ne demek?

Varlığın, farkında olmasan da bir kalp gibi içimde atmaya başlamışken inkâr etmemin amacı ne? Şimdi kalkıp gitsen ve ben seni bir daha göremesem. Ah hayır, aşk mıydı hissettiğim ilk görüşte? Aşkın gülünçlüğünü sorgulayan ben, gözlerine bakamayacak olmanın, o küçük elleri tutamayacak olmanın endişesini mi hissediyorum yoksa?

Fark etmeliydin, hissetmeliydin bu bencil, belki de kirli isteği, ya da aşkı görmeliydin. Baktım öylece, görmeni bekledim. Yanımdaki kalabalık gruba rağmen, sanki zamandan kopmuşum gibi tek odak noktam sen oldun. Gülüyordun, masumdun, benden habersiz kim bilir hangi konularda sohbet ediyordun?

Göz göze gelmemiz ani ama, derler ya, çarpıcıydı. Şimşek çaktı, yıldırım düştü ya da deprem oldu. Bir şey oldu ve o an zaman durdu. Ben su oldum sana aktım, sen beni içtin gözlerinle. Güzeldin, çocuktun, Aşktın işte o anda, benimdin...

Hiç hesapta yokken aniden gelen güzellik.

Hoş geldin.

Tam zamanı

Beni görüyorsun benim seni gördüğüm gibi. Gözlerimiz anlatıyor, biz dinliyoruz. Utanıyorsun...

Ben de utandım.

Bu ilk utanışım, ilk afallayışım. Kalksam gelsem yanına konuşabilir miyim acaba? Dizlerim de titriyor hafiften. Başını önüne eğdin, dudağını büktün. Hadi bak bana tekrar. Biliyorum karşılıksız değil bu duygular. Sana baktığım anda gözlerini telaşla kaçırmanın bir anlamı var. Kaldır başını ve bak bana.

Hissediyorsun biliyorum.

Hissediyor ve anlam veremiyorsun içinde gürül gürül akan bu duygulara. Tüm benliğini sarıp sarmalayan bu duyguların gücü karşısında sen de çaresizsin benim gibi. Karşı koyma. Kaldır başını ve bak bana.

Gözlerini dolduran ne olabilir ki? Ne oldu ki şimdi?

Buradayım. Bakmak istediğin, kalbini böyle hızlı çarptıran yerdeyim. İşte böyle. O hüznü sevmedim capcanlı yüzünde. Tanışabilmemiz mümkün mü?

Hatta ismini öğrensem ne güzel olur. Sen de beni merak etsen, soruversen gitmeden ayak üstü.

Geliyorum.

Gelmeni bekliyorum.

Buradayım.

Buradasın.

Yürüyen sen misin inanamıyorum, yaklaştıkça daha bir güzelleşiyorsun. Adımlarım hızlanıyor.

Soluğum soluğuna karışacak kadar yakın. Elim eline uzanıyor.

Tanrım, gülüşün!

Eline uzanmak cennete uzanmak gibi.

Ne demeliyim? Konuşabilecek miyim? Adım neydi benim, ben kimim?

"Merhaba aşk! Ben aşkın!"

'Tam zamanı...'

Sen benim içime özenle işlediğim, o umutlu umudumsun.

Yanımdan geçerken omzuma hafifçe çarptı. Aslında bunu bilerek yapmamıştı. Dakikalardır güzelliğine hayran kalan gözlerim, onu yakından görebilmenin heyecanı ile pür dikkat kesilmişti. Önceki karşılaşmalarda da böyleydi zaten. Onu gördüğüm anda her şey duruyordu, ondan alamıyordum gözlerimi.

O karaoke akşamında olduğu gibi. Arkadaşlarıyla içeri girdiği anda kendimden geçmişçesine şarkı söylemekteydim, ama o an. O an her şey durmuştu adeta, dünya bırakmıştı dönmeyi, kaybolmuştum gözlerinde, artık sadece o vardı. Bugüne kadar duyduğum en güzel müzik onun yüzünden ve sesinden dünyaya yayılan müzikti.

O ise kaçamak ve utangaç bakışlarla yetiniyordu sadece.

Bana döndü, sakince gülümsedi. Gülümsemesi her bahar açan o mis kokulu çiçekler gibi huzur veriyordu. Onu izleyen gözlerime dikkatle baktı.

"Kusura bakmayın lütfen" dedi içimi titreten ses tonuyla. "Sorun değil" dedim. Söyleyecek daha güzel bir söz gelmemişti aklıma.

Yanımdan tam gideceği anda, ani bir hareketle kolunu tuttum. Ne yapıyordum ben? Böyle şeyleri kolayca yapabilen biri değildim. Ama içimden bir ses bunu yapmam gerektiğini söyledi. İçimde olan biten şeylerin bir karşılığı olduğuna inanıyordum, bu kadar güçlü duyguların mutlaka bir karşılığı olmalıydı bu hayatta.

Yeniden o güzel bakışlarıyla bana döndü. Gülümsedi.

"Şey aslında bir kahve içsek fena olmaz diye düşünmüştüm ama gidiyorsunuz sanırım."

Teklifimin ardından arkadaşlarına döndü, küçük bir onay alış şekli olmalıydı bu. Anlamsızca hoşuma gitmişti o hali. Vereceği cevabı sabırsızlıkla bekliyordum. Hem öyle çok da önemli bir soru sormamıştım. Sadece bir kahveydi istediğim. Biraz da bu güzel gözlü kızı tanımak.

"Olur tabii"

Bir an yanlış duyduğumu sandım. Nedense kabul etmeyeceğini ve gideceğini düşünüyordum. Gülümsedim. Arkadaşlarını öptü, ben de bizim çocuklara "sonra ararım sizi" bakışı attım. Beraber başka bir masaya geçtik.

Onun fazla sakin hareketleri karşısında titreyen ellerim, kollarım ve bacaklarım kendini çok belli ediyordu.

Durduramıyordum. Bu kafeye girip karşı masama oturduğundan beri gözlerimi ondan alamamıştım. Bu hiç başıma gelmemişti daha önce. Etkilenmiştim, göz göze geldiğimizde utanışından bile etkilenmiştim. Çok ayrı bir güzelliği vardı. Dupduruydu. Bakışları, masumluğu, çene yapısı, gözleri ve dudakları. Şimdi ona senden çok etkilendim desem belki de beni yanlış anlardı.

"Ya böyle pat diye bir kahve içelim dedim ama daha önemli bir işin yoktu değil mi? Seni gerçekten oyalamak istemem."

Gözünün önüne gelen saçlarını o narin elleriyle geriye atarak gülümsedi. Bu güzel kadın, içinde esrarengiz bir şeyler taşıyordu hissediyordum. "Hayır yoktu. Buradan eve geçecektim zaten."

Bir kadınla nasıl konuşulur unutmuşum sanırım. Ne diyeceğimi dahi bilemiyordum. Kelimeler ağzımın içinde yuvarlanıyor, boğazımda düğüm oluyordu.

"Bu arada ben Çağrı" dedim elimi ona uzatırken. "Elif" dedi sessizce. Elleri göründüğünden çok daha narin ve özenle işlenmiş bir mimari yapıt gibiydi. Tırnaklarına sürdüğü kreme çalan ojesi, hafif uzun tırnakları... Ona ait her detay kusursuz görünüyordu gözüme. Başım mı dönüyordu acaba? Yoksa gülümsemesinde ve bakışlarında saklı o hafif narkoz beni ele mi geçiriyordu?

İkimiz de sessiz bir şekilde etrafı izliyor, birbirimize tek bir kelime bile etmiyorduk.

"Okuyor musun?"

Yani bence gayet mantıklı bir soru sormuştum. Başka ne sorabilirdim ki?

"Müzik öğretmenliği okuyorum. Son sınıftayım, stajdan sonra bitiyor. Çok az kaldı. Sen? Yani, okuyor musun?"

"Hayır okumuyorum. Uzun bir süredir reklam sektöründe çalışıyorum."

"Neleri seviyorsun? Nelerle ilgileniyorsun?" tadında bir konuşma geçti aramızda. Bu küçücük kafede son ses bir müziğin altında birbirimizi duymaya çalışarak ettik sohbetimizi.

Üniversite öğrencisiydi Elif, bu sene son senesiydi ve aynı zamanda staj yapıyordu. Teyzesiyle beraber yaşıyordu. Ailesi ise İsveç'te yaşıyordu. O bunları anlatırken onu bu kadar çok geç tanımış olmanın hüznü ile savaştım masada. Mezun olup gidecekti bu şehirden, belki de çok uzaklara. Sanki benim için durabilecekmiş gibi umutlandım bir an. Aramızda bir şey olabilme ihtimali bile meçhulken kendimi olmayan bir ilişkinin acısının içerisinde buldum. Tabi ki asla ona çaktırmadım.

Her zaman bir umut vardır derler.

Onu bu kafede görmem, göz göze gelmemiz, gözlerini

benden kaçırması, etkilenmem... Bundan sonra her şeyin çok farklı olacağını biliyorum. Kalbimi tekleten bu şeyden çok eminim.

Kafeden ayrılırken ona numaramı verip vermeme konusunda kararsız kaldım. Ama sonra numara teklifimi geri çevirmemesi beni mutlu etti. Arayıp aramayacağını bile bilmiyordum ama *umut güzel şeydir be oğlum* diye teselli veriyordum kendime. Aramazsa da *olsun be* diyerek teselli verecektim kendime.

Taksiye kadar ona eşlik ettim. Yeniden, tanıştığımıza memnun olduk falan derken taksiye binip uzaklaştı.

Asıl ben memnum oldum güzel kadın. Seni tanımak benim için büyük bir şans.

Seni yeniden görebilmek umuduyla...

Sen bitmek
bilmeyen o uzun
yolun sonunda
karşıma çıkan
o mavi denizsin.

Derin, ama asla
boğmayan,
içimdeki huzursun.

Ben onun adına AŞK dedim

Ofiste işerimi bitirip, yeniden görebilirim umuduyla aniden Elif'in staj yaptığı okulun oraya gitmeye karar verdim. Belki onu yakalar, bu yağmurlu havadan kaçırıp, bir yerlerde kahve içeriz diye umut ediyordum. Emin değildim yine de, kabul etmeyebilirdi.

Okulun önüne geldiğimde çocuklar yağmurdan kaçmak için oradan oraya koşturuyordu. Gözlerim ise merdivenlerden inecek o güzel kadını arıyordu ama bir türlü aradığına ulaşamıyordu. O an fark ettim ki bir elinde şemsiyesi, diğerinde ıslanan kemanı yağmurun tadına vararak ilerliyordu kaldırımda. Sırılsıklam olmuştu ama buna aldırmıyordu. Yanından geçen çocuklara bile dikkat etmiyordu. Benim ise dikkatimi yolun ortasında annesine inatçılık eden, yağmura rağmen ayakkabılarını çıkartmış ve hiçbir şeye aldırış etmeyen o haylaz çocuk çekiyordu. Bir iç geçirdim. Özlem duyduğum şeyler burnumun direğini sızlatıyordu.

Arabayla yavaşça Elif'in yanına yaklaştım. Yüzünü hiç

bana çevirmedi. Adımları sakin ama bir o kadar da hızlıydı. Bu durum onu tedirgin etmiş olmalıydı.

Camı açıp "Elif!" diye seslendim. Arkasına dönüp bakmakta kararsız kalmıştı. Merakına yenik düştü, arabanın camından el kol hareketleri yapan, ağzı gülmekten kocaman açılmış beni görmek onu şaşırtmış olmalıydı.

"Aaa Çağrı burada ne işin var?"

"Geçen gün, kahve içtiğimiz gün yani, burada çalıştığından bahsetmiştin, belki seni görebilirim umuduyla geldim. Yanlış mı yaptım? Gidebilirim hemen."

"Hayır sadece seni görmek beni biraz şaşırttı."

"O elindeki keman mı? Ama siz ıslanıyorsunuz. Arabaya gelmek ister misin?"

"Şey aslında evim iki sokak ileride, şu an çok da yağmıyor hava."

Hay aksi! Tabi ki de 1 haftadır tanıdığı bir adamın arabasına binmeyecek.

"Sadece ben, gerçekten büyük bir müzik severim. O canım enstrümanı ıslatıyorsun. Neden onu yan koltuğuma koymuyorsun? Hem sana eşlik etmiş olurum hem de o güzel şey ıslanmamış olur."

Gülümsedi. Hem de öyle güzel gülümsedi ki. Hatta nasıl saçmaladıysam artık ben bile gülümsedim. Mantıklı cümleler kuramıyordum resmen.

"Arabanın gazına basıp kemanımı çalmayacağını nereden bileceğim peki?"

"Ah evet kesinlikle haklısın" diyerek gülümsedim, "keman konusunda ciddiyim"

Kafasını sallayarak o da gülümsememe karşılık verdi. Benim ne kadar saçma bir adam olduğumu düşünüyor olmalıydı şu an. Kemanına baktı ve camdan doğru bana uzattı. Deliliğime uyum sağlamaya çalışıyordu. Hemen aldım ve yan koltuğuma koydum.

"İşte tamam, artık burada güvende."

Elif yanımdaki kaldırımda ağır adımlarla yürüyor, ben de ona arabayla eşlik ediyordum. Birisi bizi görse, yaptığımız bu şeyin mantıksızlığı karşısında ağlardı.

Yağmur hızlanmaya başlıyordu.

"Dersin nasıldı?"

"Çok güzeldi, yıl sonu eğlencemizin provasını yaptık bugün miniklerle. Çok heyecanlıyım, böyle bir şeyi düzenlemek benim için bir ilk."

"Gösteri ne zaman?"

"1 ay sonra."

"Ben de gelebilir miyim peki? İzlemeye."

"Maalesef hayır" diyerek istemsizce gülümsedi.

Sadece konuşmak istediğim için soruyordum bunları.

"Arabaya gelebilir miyim?"

Hele şükür diye geçirdim içimden.

Yağmurun hızlanmasına dayanamamıştı. Hem binse ne olacaktı ki? Ona asla zarar vermezdim. Hemen durdum. Kemanıyla beraber arabama sığınan güzel bir kadının kurtarıcısıydım şu anda. Kapıyı kapatıp oturduğu koltuğunda arabayı dikkatlice inceledi.

"Arabanın içi dışından daha güzelmiş."

"Peki, şimdi nereye götürüyorum acaba bu güzel kadını?"

Güzel kadın dediğim anda utanıp gözlerini kaçırışı çok hoşuma gitmişti.

"Hemen şuradan döneceğiz."

"Hadi ya! Kısa bir yolculuk oldu ama bu."

Yolun çabucak bitmemesi için yavaş yavaş sürdüm arabayı. Kahve içelim desem, şimdi olmayacaktı biliyordum. Zaten çok ıslanmıştı ama yine de dayanamadım.

"Bir kahve içelim mi?"

Kararsız gözlerle bana baktı.

"Ya aslında düşündüm de başka bir gün de içebiliriz.

Mesela hafta sonu. Zaten bugün çok özensiz giyinmiştim, üzerime de çay döküldü."

Bunu neden söyledim ki. Aslında o leke ömür boyu pantolonumda kalabilirdi.

Halinden hoşnut gülümsedi.

"Olsun, bak ben de sırılsıklam ıslandım. Hadi bir kahve içelim."

Saat neredeyse 5'e geliyordu. Bahar ayının yağmur sonrası sessizliği sarmıştı etrafı. Acıkmış olduğunu düşünüyordum çünkü ben kurt gibi acıkmıştım. Sahildeki küçük bir kafeye girdik.

Saçlarındaki su damlaları ara ara güzel, makyajsız yüzüne düşüyordu. Çantasından çıkarttığı tokası ile kumral saçlarını özensizce topladı. Onu izlediğimi fark edince ne yapabilirim tarzı bir omuz hareketi yaptı.

Bu kadında beni büyüleyen tanımsız bir ışık vardı. Saçları ıslak, yüzünde tek bir makyaj yok ama şu an dünyanın en güzel kadını olarak karşımda duruyor.

Ben bu bitmek bilmeyen düşüncelerimden sıyrılınca, önce karnımızı doyurduk, sonra sohbet etmeye başladık. Yani aslında sohbeti ben ettim çoğunlukla. İş yoğunluğu yüzünden günlerdir kimseyle doğru düzgün konuşmadığım için Elif'in kafasını şişirdim biraz. Şu an benim hakkımda "Allah'ım bu adam hiç susmuyor mu?"

diye düşünmüş bile olabilir.

Daha sonrasında onu eve bırakmayı teklif ettim. Teklifimi geri çevirdi ve taksiyle gidebileceğini söyledi.

"Tamam taksi durağına bırakayım o zaman" dedim.

Teklifimi kabul edip arabaya bindi. Çok düşünceliydi. Ona baktım, camdan dışarısını izliyor, bir şey söyleyecekmiş de söyleyemiyormuş gibi kıvranıyordu.

"Bak şurası çok güzel eve gitmeden bir kahve de benden olsun."

Beni çok şaşırtmıştı. Arabaya bindiği andaki o düşüncesini keşke duyabilseydim. Saat 11'e gelirken ikimiz de neredeyse birbirimiz hakkında çok fazla şey biliyorduk. Emindim artık. Elif AŞK'tı. Aşk ondan ibaretti, başka bir şey değil.

Biraz daha ısrar ettim. Önce kabul etmese de sonunda ikna edip onu eve bıraktım.

"Eve gittiğinde bana haber ver mutlaka. Ve bugün için çok teşekkür ederim. Yani ederiz, kemanım ve ben" dedi.

"Ben teşekkür ederim. Bu sadece aşk" dedim fısıltıyla.

Gülümsedi. Eve girdi. Bense, o eve gidene kadar bin bir türlü hayal kurdum kafamda.

Ben bu kadını çok sevmeliydim. Sevecektim. Çok derinlerde hissediyordum bunu.

sonsuza
kadar
benim ol
istiyorum

**O güzel kadını,
bir çiçek yetiştirir gibi,
unutmadan, ona her gün
su verecek kadar
çok sevmem lazım.**

"En çok hangi müzik tarzını seviyorsun?" diye sordu tuttuğu parmaklarımla oynayarak. Bu en tatlı huylarından biriydi. Ne zaman bana bir soru soracak olsa parmaklarımla oynamaya başlıyordu.

Başımı geriye attım, gözlerimi ovuşturdum. Düşündüm biraz. Öyle sabit, takılı kalıp dinlediğim bir tarz yoktu aslında. Yalan söylemenin de hiçbir anlamı yoktu.

"Sana yalan söyleyemem Elifim, kulağıma ne hoş gelirse onu dinliyorum."

"Ne hoş gelirse öyle mi? Neye göre belirliyorsun bu hoş gelmeleri mesela?"

"Mesela rakı masasındaysam şöyle bir arabesk vuruyor,

kendimi kaptırıyorum. İşte o an en sevdiğim müzik türü o oluyor."

Gülümsedi. Kucağındaki siyah beyaz çizgili, adı gibi Ponçik olan şımarık kedimi yere bıraktı ve oturduğu koltukta geriye doğru yaslandı. Burnu ve çenesi bir ressamın kaleminden özenle çizilmiş gibi bir havaya sahipti. Uzanıp çenesindeki gamzesine minicik bir öpücük kondurdum.

"Yediğim içtiğim her şey, dinlediğim müzik, izlediğim filmler ve daha bir çok şey. Önceden bu kadar güzel olduğunu düşünmezdim hiçbir şeyin. Seninle olduktan sonra güzel ne demek onu anladım ben."

"Senin için bir şeyleri güzel ve anlamlı kılabilmek beni mutlu eder sevgilim. Sen söyle hemen mutlu olacağın anlar yaratayım sana."

Saçlarını omzuna doğru aldı. Yeni bir fikir atacaktı ortaya hissediyordum.

"Bak ne diyorum haftaya kültür merkezindeki klasik müzik konserlerinden birine gidelim. O zaman en sevdiğin müzik tarzı klasik müzik olmuş olur. Hem böylece beni de daha çok seversin."

"Eee ben zaten seni çok seviyorum"

"Offf ama ben onu mu diyorum Çağrı. Ben keman çalıyorum ya hani, klasik müziği seversen beni çok çok, daha çok seversin işte."

Akıllı kadın diye geçirdim içimden. Onu sevmediğimi mi düşünüyordu yoksa? Belki de ona olan ilgi ve alakamı arttırmalıydım. Neden bazı şeyleri onun kadar detaylı düşünemiyorum diye kızdım kendime. Hiç pratik değildim, o hep benden önce davranıyordu, beni alt ediyordu.

Evime gelmesini, dağıttığım eşyalarımla beni baş başa bırakmamasını seviyordum. Pıtır pıtır geziniyordu evin içerisinde. Bu o kadar çok hoşuma gidiyordu ki. Tamam Ponçik de evin içerisinde pıtır pıtır geziyordu ama bu çok başka bir şeydi. Evimde yeniden bir hayat belirtisi olması beni deli gibi mutlu ediyordu.

"Çağrı sana inanmıyorum, bu kırmızı tişörtü neden beyazlarla beraber yıkadın? Berbat olmuş hepsi."

Bir anne edasıyla azarlıyordu bazen işte beni. Bu azarlama günün her saati devam edecekti biliyordum. Yemek yerken, otururken, televizyon izlerken, hatta kedi tüylerini koltuğun üzerinden toplarken bile söylenip duracaktı. Umurumda değildi. Yeter ki söylensin ve benden asla gitmesindi, tek istediğim buydu.

"Sence hayatı yaşanabilir kılan şeyler neler? Mesela neden yaşamalıyız? Yaşam felsefen ne senin?" dedi bacaklarına koyduğum kafamda ellerini gezdirirken.

Dokunuşu beni fazlasıyla mayıştırmıştı. Burada uyumak ve uyanmamak istiyordum.

"Benim için hayatı yaşanılası kılan tek şey sensin şu an. Benim için yaşamalısın en basitinden. Her gün bu eve uğramalısın, her şeye dokunmalısın. Senin yaşamın benim hayatım olur o zaman."

"İlla ki hayatında seninle yaşayabilecek başka insanlar olacak Çağrı."

Doğruldum. Omzuna küçük bir öpücük kondurdum.

"Başka hiç kimse yok bir tanem. Başka kimse de olmayacak. Sen hayatıma girmeden önce hayata dair anlamını arayan bir adamdım sadece. Bak şu an o anlamı bulmuş ve sadece şükreden, yaşamak için direnen bir adamım."

"Ya ölürsem? Ya da bir şey olursa bana? O zaman ne olacak?"

"Ölmeyeceksin. Ben seninle olduğum sürece bir şey olmayacak ki sana. Neden böyle şeyler söylüyorsun?"

Ölüm. Kaçmak istediğim son yer benim. Bir gidişi daha kaldıramam biliyorum. Ölmeyeceksin sen Elif, sana hiçbir şey olmayacak. Hep hayatımda olacaksın. Ilık nefesini her zaman hissedeceğim ellerimde.

Hayatımı yaşanılası hale getiren, bir ömür boyunca sen olacaksın.

SEN
BENİM HAYATIMA
GİRMİŞ VE ASLA
GİTMEYECEK
EN MÜKEMMEL
AYRINTISIN.

Diyorum ki,
"Çok Güzelsin"

Kırmızı yakışıyor yanaklarına, en çok da dudaklarına.

Saçlarında buğdaylar dans ediyor sanki dalga dalga.

Kirpiklerin buğulu, hülyalı gözlerine inat gür ve kıvrık.

Omuz başlarınsa kışkırtıcı, tam öpmelik. İnce belinse sarmalık.

Bu iltifatlar mı?

Utandırmalık.

Aşk mı? Sen
Dert mi? Sen
Derman mı? Sen
Leyla Sen
Mecnun Ben
Ne mi diyorum?
Diyorum ki...

"Çok güzelsin."

Seni gördüğüm gibi, olduğun gibi seviyorum. Şimdiye kadar gördüğüm diğer kadınlardan daha farklı, daha can alıcı, eşsiz bir güzelsin sen. Belki de seni güzel yapan sana olan aşkım. Şarkı ne güzel özetlemiş. "Bir gün herkes değişir, anlamak zor gelir bazen." Ama sen hiç değişme, sana olan aşkım hiç değişmesin. Sen hep güzel kal.

Aciz bir sevgi değil bu. İçimde ki tüm inançla ve bağlılıkla seviyorum seni.

"Ben seni annem gibi sevdim. Masum bir çocuğun hisleri gibi, huzurlu ve sevinçli. Onun gibi kokladım saçlarını. İncitmeden dokundum güzel yüreğine. Ellerimi açıp ettiğim, kabul olmuş en güzel duamsın sen. Sonra dönüp gülüşüne baktığım şiirler yazdığım, kokusuna hapsolduğum, aşk dediğim, aşkım diyebildiğim. Tesadüflerim, kalbimin derinlerisin."

"Anneni anlatır mısın biraz bana?"

Uzun zaman olmuştu annemden bahsetmeyeli. Elif sorunca fark ettim onu ne kadar özlediğimi.

"14 yaşındaydım. Hastaydı annem. Benim için savaşırken kendinden vazgeçen kahraman bir anneydi. Babam gittikten sonra çok hırpalandı hayat karşısında. Benim için uğraştı, iyi bir hayatı yaşamamdı tek istediği. Belki de bu yüzden hasta oldu. Bilmiyordum öldüğü güne kadar hasta olduğunu. Okuldan döndüğümde evde baygın buldum. Apar topar hastaneye kaldırdılar. Geç dendi, yapılabilecek bir şey kalmamıştı. Akciğerindeki tümör son hamlesini yapmıştı. Çoğu kez hissederdim annemin benden bir şeyler sakladığını ama böyle olabileceğini tahmin edemezdim. O hastaneden sağlıklı çıkmasını her şeyden çok isterdim ama olmadı. Birlikte girdiğimiz o hastaneden birlikte çıkamadık. Lisedeydim. Uzun bir süre okula gitmedim. Dedemle kalıyordum. Onun zoruyla yeniden başladım okula. Sonra annemin yazdığı günlüklerden birini buldum. Okumamı istediğini, başarılı bir adam olursam içinin ne kadar rahat edeceğini yazmış, sürekli tekrarlamış bunu yazdıklarında. Sonra çabaladım, annemin bir yerlerden beni gördüğü inancıyla başarmaya çalıştım. Başardım da. Sonra kendimi işlerimin içinde boğuşurken buldum. Bir de güzel gözlerini sürekli benden kaçıran seni."

"Anneni tanımak isterdim. Ona olan sevgin ve inancınla benim karşımdasın."

"Seni sevdiğim için karşındayım."

Elini saçlarının arasından geçirip başına koydu. Üstündeki mavi gömleği gözleriyle bir bütün olmuştu. Beni izliyordu. Bense her defasında ilk kez görüyormuş gibi bakıyordum onun gözlerine. Her günümü bir ilkmiş gibi yaşatan kadın için şükrediyordum. Elimi gözlerine düşen saçlarına uzattım. Elimi tuttu sıkıca. Bunun anlamı neydi bilmiyordum ama dudaklarına aniden kondurduğum öpücüğün anlamını biliyordum.

"Seni seviyorum Elif'im"

"Ben de seni seviyorum. Bunu sakın unutma olur mu? Annen gibi, her zaman seveceğim seni."

Her zaman...

Sevgili olmak, dost olmaktır; dert ortağı olmak, birlikte gülmek, birlikte ağlamaktır. Yani sevgili olmak tek hayatı, iki kişi yaşamaktır. Biz sevgiliden ötedeydik. Biz birbirimizin ailesi olmuştuk. Biz bu dünyayı beraber olduğumuz sürece güzelleştiren mükemmel detaylardık.

Sımsıkı tutuyorum ellerini. Asla unutmayacağımı ve unutulmayacağımı bilerek.

Her yaşadığım acıdan bir acı çıkarttım, bunu nasıl yaptım bilmiyorum.

Aslında acılarımın çoğundan da ders aldım. Kendimi toparlamaya çalışırken, başkalarının kıyısında savruldum hep, çarptığım sivri kayalardan tepetaklak yuvarlandım. Yorgun düştüm, aşka, aşığa, sevene ve sevilene. Aciz bedenim hep yarım kaldı, hırpalandı. Küçük bir çocukken büyümek zorunda bırakıldım. Sonra fark ettim ki muhtacım.

Kalbim tek bir sevgiye muhtaç ve muhtaç olduğu o sevgi ise şimdi yanımda duruyordu. Elif.

Ne kadardır tanıyordum Elif'i? Altı aydır. Gizli kapılar ardında kalmış bir güzelliği vardı onun. Yüreğinde gizli kalmış, gizemli güzellikleri keşfetmek zor gibiydi, kısa sürede başarılabilecek bir şey değildi. Kilidin ardında görünenden daha gizemli, daha büyük bir güzellik yatıyordu. Kilidi açmayı başarmaksa benim elimdeydi. Zordu ama hangi zorluk durabilirdi ki karşımda ben böyle severken? Hayatımda olması gerektiğine inandığım kişiydi Elif. Kafeye girdiği ilk anda fark etmiştim bunu. Belki çok saçma ilk görüşte aşk denen şey ama zaten saçma olmayan ne var ki bu dünyada?

"Saçmalıyorsun gerçekten, nasıl sevmezsin filmi aklım almıyor."

"Sevmedim işte. Aksiyon, hız falan olsa daha güzel olurdu bence. Diğerine gidemez miydik?"

"Tamam bir dahakine senin istediğine gidelim."

Şu an kesinlikle benim sıkıcı bir adam olduğumu düşünüyordu. Tamam ben de yerine göre çok güzel aşk adamı olabiliyordum ama işin içine ayrılık girince kendimi gerçekten kötü hissediyordum.

"Bence kız terk etmemeliydi çocuğu. Saklaması çok kötü oldu." dedim arabaya doğru ilerlerken.

Gülümseyerek bana baktı. Başını omzuma doğru eğdi. Saçları nasıl güzel kokuyordu. Elimi sıkıca tuttu.

"Tek istediği çocuğa acı çektirmemekti. Hastalığın ve onu kaybetmenin acısını hiçbir zaman içinde hissetsin istemedi. Terk edilmek unutulacak bir şeydir, acısı çabuk geçer biliyordu ama ölüm çok başka bir şey."

"Yine de bilmiyorum. Aşık bir adam son anlarına kadar ona destek olurdu. Ben olurdum. Acıyı da göğüslerdim onunla birlikte. Bu acı beni yerimden kaldıramayacak olsa da."

"Bazen öyle olmuyor işte ben sana hiçbir şekilde acı çektirmek istemezdim."

O an dönüp baktım ona. Onunla her acıyı çekerdim, ne pahasına olursa olsun. Kolları kanatları can yeleği her şeyi olurdum onun.

"Böyle bir şey olsa bana söylerdin ama sen. Gitmezdin."

Hiçbir şey söylemedi. Yavaşça arabaya bindi.

"Nereye gidiyoruz?"

Arabayı çocukluğumun geçti sokağa doğru sürmeye başladım. Deli gibi sokaklarında koşturduğum, düştüğüm, dizlerimi kanattığım, annemin bana çokça kızdığı o sokağa.

Buralar bana hep perili evler diyarı gibi gelirdi küçükken. Evlerin bulunduğu konum, insanların dış görünüşü. Buradan ne zaman geçsem içim ürperirdi. Korkardım. Ya da belki çocukluğumun bana miras bıraktığı saçma izlerdendi bu his. Arabayı bahçesinde kocaman bir çam ağacının olduğu evin önünde durdurdum. Evin ışığı yanıyordu. Bu beni içten içe mutlu etti.

"Neden buraya geldik?"

Bir şey söylemeden arabadan indim. O da benimle indi. Hava karanlıktı, etrafı sis kaplamıştı, belki de bu sokak gerçekten periliydi diye düşündüm, yanımdaki kadın da güzel bir peri kızı. Beynimdeki aşk dolu sesleri bir türlü susturamıyordum.

Elini bana uzattı. "Burası neresi Çağrı?" dedi, bense ellerinin her daim sıcak oluşunu düşünüyordum.

Evin kapısına geldiğimizde dedem kapıyı açtı. Yorgun bedeni, yılların izini taşıyan buruşmuş elleri ile zor açtığı kapıdan göz kapakları düşük gözleriyle kimin geldiğini anlamaya çalışıyordu.

"Çağrı? Oğlum sen mi geldin? Hoş geldin. Kim bu güzel kız? Girsenize içeri."

Elif bana döndü, "haydi gir" dedim.

Dedemin çok sevdiği, şampanya rengindeki duvarlarında bütün ailemizin fotoğraflarının bulunduğu, eşyalarınınsa antika değerinde olduğu odasına geçtik. Koltuğa otururken fotoğrafları inceleyen Elif ile göz göze geldim.

"Dedem nasılsın?" dedim ellerini öperken.

"Çok iyiyim ama artık gelmeyeceksin sandım oğlum. Gelmiyorsun epeydir. Köpeklerim aç kaldı. Beni unuttun sandım. Bu kız kim?"

"Elif dedeciğim, kız arkadaşım. Öğretmen olacak."

"Hadi ya! Sen de öğretmen olmak isterdin küçükken, hatırlıyorsun değil mi? Sonra neden fikrini değiştirdin ki sanki?"

Elif bana bakıp gülümsedi.

Dedem benim tek ailemdi. Babam trafik kazasında öldüğü zaman henüz 3 yaşındaydım annemi akciğer kanserinden kaybettiğimizde ise 14 yaşında. Dedem elindeki bütün imkanlarıyla büyütmüştü beni. Hiçbir şeyimi eksik etmemişti. Ne anne yokluğu ne de baba yokluğu hissettirmişti bana sağ olsun, hakkını asla ödeyemem. 8 sene önce kazanmıştım Halkla İlişkiler ve Reklamcılık bölümünü. Bir yandan çalışıp bir yandan okuyordum. Dedeme yük olduğumu düşünüyordum çoğu zaman. Kocaman adam olmuşken hala dedemin kanatlarının altında olmak boynumu büküyordu. Para biriktiriyor, evin elektrik, su faturalarını kendim ödemeye çalışıyordum.

Şimdi Elif'i dedemle tanıştırmaya getirdim. Çünkü biliyorum, o da bir gün beni bırakıp gidecek bu dünyadan. Korkuyorum, aslında her kapıyı çalışımda açılmayacağı endişesine kapılıyorum. Belki yanımda sevdiğim kızı görürse ölmeden önce onu bir kez daha mutlu edebilirim diye düşündüm işte kendimce.

Ölüm.

Ölüm kelimesinden kaçabildiğim kadar uzağa kaçmak istiyorum. Etrafımdaki herkes ölümün kollarında savrulurken, düşüncesi beni ölmeden toprağın altına sokuyor. Korkuyorum. Kaybetmekten, kaybedilmekten.

Eğer sevdiklerim ölürse onları bir daha hatırlayamamaktan korkuyorum. Ya ben ölürsem? Unutulurum, bu hayatta hiçbir izim kalmaz diye korkuyorum. Unuturum, unutuluruz. Unutuldukça bir anlamı kalmaz bu dünyada yaşadıklarımızın. Doğmamızın, bize çekmemiz için sunulan acıların hiçbir anlamı kalmaz.

Her şeyin anlamlı olabilmesi için tutuyorum bu güzel kadının ellerini.

Unutmamak ve her zaman sevmek için.

Çünkü

ben her şeye

rağmen

ısrarla

seni sevdim.

Sadece Seviyorum

Bana her bakışında kısılan o badem gözleri beni çocukluğumun o masumane hislerine geri döndürüyor. Annemin sevgiyle bakan gözleri gibi. Derinden ve içten anlatıyor her şeyi. Gözlerine bakarken onu anladığımı, içinden geçenlere ortak olduğumu hissediyorum. Saçlarına dokunuyorum, gözlerini öpüyorum. Çocukluğum diyorum. Seni tam orada, çok masum hislerimin en saklı köşesinde seviyorum.

Bazen öyle güzel ve derin konuşuyor ki, dilinden dökülen her kelime ruhumun bütünlüğünü sağlıyormuş hissine kapılıyorum. O kelimeler tenime işliyor, aşkını damlatıyor yavaş yavaş. O aşk ile yıkıyor beni, bütün günahlarımdan arınıyorum sanki, huzura kavuşuyorum.

Öyle güzel, saf, çiçek gibi bir kokusu var ki sanki hep çocuk kalmış, hiç büyümemiş gibi. Bir bebeğin teninden yayılan, doğduğu andaki o sihirli koku gibi. Masum. fazla masum. Sadece sevilmek için yaratılmış.

Karşımda öyle bir gülüyor ki sanki bütün dünya onun sesiyle gülmüş gibi. Başka seslere sağır ediyor beni. Her ses onu anımsatıyor, onu getiriyor aklıma.

Çok başka seviyorum ben onu. Cennet bahçelerinde gezermiş gibi. Bir sabah kahvaltısında, ekmeğin üzerine sürülmüş tereyağı ve bal gibi. Kış ayındaki ılık rüzgâr gibi.

Nasıl anlatayım ki?

Seviyorum. Sadece seviyorum işte.

Ben, beni kelimelere
dökemem ki sevgilim.
Benim kelimelerim
sensin.
Kalemim
bir seni işler,
bir seni söyler.

Her Mektup Bir Sır

Sessiz sessiz yaklaşıp yavaşça kıvrıldı koltukta yanıma. Geldiğinden beri onunla ilgilenememiş olmak beni üzüyordu ama önümde, sosyal medyada yürütülecek tanıtım çalışmalarının planlamaları bir türlü bitmek bilmiyordu. Bir yerden tamamlasam başka bir şey eksik çıkıyor ve daha fazla deli olmama neden oluyordu. Klavyede stresle dolaşan ellerimi tuttu. Yumuşacıktı parmakları. Parmaklarımı sevdi önce.

"Yorulmadın mı sevgilim?" dedi.

Yorulmuştum, şu an başımı dizlerine koymak ve orada geçirmek istiyordum tüm vaktimi ama lanet olası işler üstüme üstüme geliyordu.

Bugün onun keyfi de yerinde değil gibiydi. Onu üzecek bir şey olmuş olmalıydı. Üzüldüğü şeyleri anlatmayı sevmiyordu, neşeli takılmayı tercih ediyordu ama uzun zamandır onu böyle üzgün görmemiştim. Normalde çok hayat dolu ve mutlu bir insandı. Bilgisayarı masaya bırakıp ellerini tuttum, ipek saçlarına dokundum. Yanaklarını sevdim, burnunu öptüm, kokladım ve kollarımın arasına aldım.

"Neyin var, anlatmak ister misin güzelliğim?"

Elleriyle oynadı, derin bir nefes aldı. Sanırım çok önemli bir şey olmuştu. Yüreğinden hüzün yayılıyordu, hissediyordum. Kalbinde bir şeyler kırılmıştı, ya da çok başka bir şey. Farkındaydım ve bu üzüntünün çaresi olabilmek için can atıyordum.

"Okul işte."

"Okul işte ne? Bitmedi mi okul? Bir sorun mu oldu?"

"Bugün atamalar açıklandı ya hani, ona canım sıkkın. Umutluydum biliyorsun. Özel okulda çalışmak zorunda kalacağım, bu da biraz üzüyor beni."

"Ah minik, narin yürekli sevgilim benim. Bazen beni korkutuyorsun. Neden üzülüyorsun bu kadar, özel okul da bir tecrübe olur senin için, bu kadar dert edecek ne var?"

"Öyle tabii ki ama yeniden sınava hazırlanmak çok yorucu değil mi sence de? Ya tekrar olmazsa, hiç daimî bir işim olmazsa ne yaparım ben?"

"Daha çok gençsin, pes etmek yok. İlla ki olacak, daha düzenli çalışacaksın, bunu ikimiz de biliyoruz değil mi?"

"Biliyoruz elbette sevgilim" diyerek bana daha da sıkı

sarıldı. Onu üzen sadece bu değildi biliyordum.

"Hem, hiç olmadı, mis gibi sesin var öğretmenim, sana bir albüm yaparız. Kemanın ve sen. Yağmurun altında bir klip çekeriz, hatta ben de oynarım belki" dedim saçlarını öperken.

Doğrulup yanağıma kocaman bir öpücük kondurdu.

"O yağmurdan sonra çok güzel hasta olmuştum ama ben koca adam. Kaç gün ayağa kalkamadım."

"Ama naz yapmıştın birtanem, inat edip binmemiştin ki arabama. Suçlu ben değilim."

"Bak sen! Peki tamam suçlu sen değilsin. Ama iyi ki hasta olmuşum ve iyi ki her gün beni ziyarete gelmişsin. Teyzem seni çok seviyor bu yüzden."

"Kapıları bana zor açan teyzen mi? Hayatta inanmam."

"Kız evi naz evi paşam, o yüzden inadına öyle yapıyordu. Seviyor seni."

"Ben de yeğenini seviyorum, hem de çok."

Başını öne eğdi. Gülümsedi. Dudağıma minik ama anlamlı bir öpücük kondurdu.

Ruhu güzel, kendi güzel bir kadına sahiptim. Mutlu ve huzurluydum.

"Seni üzen, benden sakladığın başka bir şey yok değil mi?"

"Hayır yok birtanem. Senin var mı? Çok streslisin. İşle ilgili sorunlarını benimle çekinmeden paylaşabilirsin, biliyorsun."

"İş işte. Seni neden sıkayım ki bunlarla? Senin yüreğin sevgiyle atmalı stresle değil."

"Peki o zaman. Ama ben bu sıkıntıların hepsini bir gün öğrenmek istiyorum. Sana küçük bir önerim var."

"Nedir merakla bekliyorum önerini."

"Birbirimize söyleyemediğimiz gün içinde yaşadığımız sıkıntılarımız illaki oluyor, hatta belki de birbirimize aktarmakta yetersiz kaldığımız duygularımız da oluyor olabilir. Ne yapalım biliyor musun? Yanına geldiğim her gün birbirimize bir mektup yazalım ama hiç açmayalım. Orada saklı dursunlar. Zamanı geldiğinde açar okuruz olur mu?"

"Yani benden sakladığın şeyler var, öyle mi?"

"Hayır ya, o kadar şey söyledim oraya mı takıldın."

"Tamam tamam, şaka yapıyorum. Peki yazdıklarımızı ne zaman okuyacağız?"

"Bilmiyorum. bir yıl sonra bugün, ya da bir gün yollarımız ayrı düşerse."

"Yollarımızın ayrı düşeceğini de nereden çıkardın? Tamam. bir yıl sonra bugün. Ne bir gün eksik, ne de bir gün fazla."

"Anlaştık. Söz ver o günden önce okumayacağına."

"Tamam söz veriyorum sevgilim" deyip başımı dizlerine koydum. Başka bir şey istemiyordum. Elleri saçlarımda dolaşsın ve hep beni sevsindi tek isteğim. Burada uyuyayım. Bana ninni söyler gibi konuşsun, anlatıp dursun ve hiç gitmesin.

İlk mektubu o gece yazdık birbirimize. Mektubu yazdığımız tarihi üzerine not düşerek küçük bir zarfa koyduk. Açmayacağımız konusunda da birbirimize söz verdik. Aramızdaki küçük bir oyundu bu. Ne yazdığını merak ediyordum ve neler yazacağını da...

“Hastane koridorları ilaç değil acı kokar.”

Acı sinmiş sanki tenine...

Arabam arıza çıkarınca işe motorla gidecek olmam Elif'le aramızda küçük bir sorun yaratmıştı. Yıllar önce geçirdiğim motor kazasından sonra uzun bir süre kullanmama kararı almıştım. Ama bugün yetişmem gereken bir reklam çekimi vardı ve arabam servisteydi. Taksi ve otobüslerle de uğraşmak istemiyordum.

Sürekli "Aman dikkat et, hava yağarsa sakın binme, hız yapma, içim hiç rahat değil" diye söyleniyordu. Anlıyordum onu ama bir şey olmayacaktı, çekime gidip hemen geri dönecektim zaten.

Kaskımı elime alıp yıllar önce çok sıkı dost olduğum motoruma dokundum. Anılarım canlandı, gençliğin, delikanlılığın verdiği o heyecanla yaptığım hızlar, katıldığım yarışlar geldi aklıma. Belki ara verdiğimiz yerden devam edebilirdik dostluğumuza. Yeniden sokaklarda hayat bulabilirdik. Sonra Elif'in söylediklerini anımsadım. Hız yapmayacaktım.

Çekimin başlamasına 10 dakika kala yetiştim. Taksiye binmiş olsaydım yetişme ihtimalim dahi olmayacaktı. Her şey çöp olacaktı. Şehrin göbeğinde "ben pahalıyım" diye bağıran otellerden birindeydi çekim. Zar zor ayarlamıştım. Üzerinde çalıştığım projenin bir basamağı olacaktı bu benim için.

Elif'le elimizdeki katalogdan ajansın mankenlerini beraber seçmiştik. Arada kıskançlık krizlerine girse de onun fikirleriyle şekillenmişti çekime gelecek olan mankenler. Elif'in en sevdiğim yanıydı bu, her ne olursa olsun yanımda olması, başaracağıma dair olan inancı.

İstediğim gibi sorunsuz bir çekim olmuştu. Eğer toplantı günü oluşturduğum proje kabul edilirse reklam sosyal medyada dönmeye başlayacak, çekimi yapılan markanın reklamları da benim düzenlemelerim ile billboardlarda ve tüm şehirde olacaktı.

Çekimden sonra motoruma atlayıp eve dönecekken mankenlerden biri yaklaştı yanıma. Çekimin çok iyi olduğundan, iyi ki bu işin içinde bulunduğundan bahsedip durdu. "İyi ki bulunmuşsun, ne kadar güzel" ama bunu bana söylemesindeki amacını anlayamamıştım. Sonra motoruma dokundu, nedense içim sızladı. Sanki çocuğuma dokunuluyor ve zarar veriliyor gibi hissettim. "Seni gördüğüm anda büyük bir hız tutkunu olduğunu fark etmiştim. Bir şeyler mi içsek? Belki sonra motorunla..." demeye kalmadan "Hayır" dedim. Motora bindim.

Omzuyla sen bilirsin gibi bir hareket yapıp uzaklaştı yanımdan. Başka bir motorlu bulup gitmek için bakınıyordu etrafına belki de, ne motor sevdasıymış. Kafamı salladım. "Motor hala bu kadar iş görüyor muydu?" diye geçirdim içimden. Beni de zaten kazaya sürükleyen bu değil miydi?

Motorun üzerinde attığımız havanın bedelini ağır ödemiştik. 2 yıl önce üniversiteden yakın arkadaşlarım Gökhan ve Alp ile, alkolün de etkisiyle son sürat hıza kaptırmıştık kendimizi. Gökhan'la son anda kurtulmuştuk ölümün kıyısından ama Alp yuvarlandığımız o uçurumdan sağ kurtulamamıştı.

Yola çıkmadan Elif'i aradım, açmadı. Kaskımı takıp trafiğin içerisine attım kendimi. Solladığım arabalara bakıp gülümsedim. Özgür olmanın verdiği o hazzı yeniden hissettim içimde. Sürüye uymamak, kendi kurallarını belirlemek... Bunlara hasret kaldığımı fark ettim. Motorun üzerinde giderken rüzgârın tenime çarpıp geçmesine izin verdim. Daha fazlasını istedim. Önümdeki trafiğin gidişatını belirledim kafamda. Birazcık hız bir nevi terapi gibi olacaktı. Gaza bastım. İçimde saçma bir güven oluştu. Biraz daha bastım. Yanından geçtiğim arabaları fark etmekte zorlanıyordum artık. Beynim uyuşmuş ama bu uyuşukluğun altında aşırı bir mutlulukla yol alıyordum.

Bu hissi özlemiştim. Bedenim daha fazlasını isterken,

önümdeki telefon haznesine yerleştirdiğim telefonuma kaydı gözüm, Elif arıyor olmalıydı. İçimdeki güven yerini korkuya bırakmıştı. Telefona bakıyor durmak istiyor bir yandan yola bakıyor bunun imkânsız oluşuyla pişmanlık duyuyordum. Frene bastım durmadı. Sonra motoruyla son sürat Alp geçti yanımdan, ardından bakakaldım. Annemin "Çağrı!" diye bağıran sesini duydum.

Gözlerimi açtığımda başımın ağrısı gözlerimi açık tutmama fırsat vermiyordu. Sadece elimi tutan sıcaklığı hissediyordum. Uzun bir süre nerede olduğumu, ne olduğunu anlamaya çalıştım.

"Uyandı" dedi Elif olduğunu tahmin ettiğim ses. "Zorlama kendini. Küçük bir kaza geçirdin ama iyisin sevgilim."

Gözlerimi açtığımda, karşımda solgun, bedeni yorgun, gözleri mosmor olmuş, ağlamış Elifimle karşılaştım. Onu bu hale ben getirmiştim, çok korkmuş olmalıydı. Kendi bencilliğim ikimizi de yaralamıştı. Şu an fazlasıyla nefret ediyordum kendimden.

Elime bağlı seruma baktım. Vücudumdaki anlamsız kablolar beni rahatsız ediyordu. "Özür dilerim Elif, ben böyle olabileceğini kestiremedim, seni dinlemeliydim. İkimize de zarar verdim sevgilim" dedim doğrulmaya çalışırken.

Eğildi yanağıma uzun bir öpücük kondurdu. Teni anlamlandıramadığım bir şekilde hastane ve ilaç kokuyordu. "Çok korkuttun beni, sana bir şey olacak sandım. Beni bırakıp gitseydin ne yapardım ben? Neye tutunurdum sevgilim? Uyan diye bekliyorum başında saatlerdir. Vücudunda ağır ve uzun bir süre geçmeyecek ezikler var. Kaskın olmasaymış çok kötü şeyler olabilirmiş. İçim hiç rahat etmedi. Vücudundaki yaralarını sevdim iyileşsinler diye. Uyan diye şarkılar mırıldandım sana. Çok korktum, hem de çok!"

Elimi uzatıp yanağında gezdirdim. Teni buz gibiydi. Ben çok kötü bir adamdım.

"Bir daha olmayacak birtanem."

"Olamayacak zaten sevgilim istesen de. Artık sağlam bir motorun yok. Motordan düşmüşsün. Yani kaza yapmadan önce bayılmışsın öyle dedi doktorlar. Motor kendi devam etmiş yoluna. Trafiğe karışmış paramparça olmuş. Seni üzmek istemezdim bunu söyleyerek."

Demek dostluğumuz buraya kadarmış diye geçirdim içimden.

"Üzmedin sevgilim. Asıl ben seni üzdüm. Çok yorgunsun. Gözlerin. Benim için ağlamanı istemiyorum asla. O güzel, narin yüreğine hüzün düşmesin. Özür dilerim."

Gözünden bir damla yaş düştü, gülümsedi. Burnumu öptü. Dudaklarımı sevdi. Ama en çok kalbimi sevdi.

Başını göğsüme yasladı. Canım acıyordu ama Elif'in yüreğinin acısını daha çok hissediyordum içimde. Ondan daha önemli bir şey yoktu benim için. İkimizin de acısını yavaş yavaş dindirecektim. Bundan başka bir şey istemiyordum.

**Nereye gidersem gideyim kalbimin
en derinlerinde sadece seni seviyorum.
Biliyorsun seni sevmeden
yapamıyorum yaprak gözlüm.
Bilirim sen benden hiç gitmezsin.
Neşeli gözlerin, umutlu kalbin
hep benimle, biliyorum.**

Seni Seviyorum

Bugün gözlerimi daha farklı açtım dünyaya. Nedense yatağımdan çıkmak istemedim. Hava da puslu gibiydi sanki ya da gözlerime doğru vuran güneş ışığı yüzünden tam algılayamıyordum. Hastaneden çıkalı 2 hafta olmuştu, yaralarım hızla iyileşiyordu ama çok yorgun hissediyordum. Üstümdeki bu halsizlik havadandır dedim kendi kendime. Ponçik, üstüme çıkmış mırıldanıyordu. Acıkmıştı sanırım. Saatin kaç olduğunu kestiremiyordum, telefonum şarjdaydı. Elif aramış olmalıydı, eğer saat çok geç olduysa duymamış ve uyanmamış olduğum için bana çok kızacaktı biliyordum.

Akşam buluşup bir şeyler yiyelim diye anlaşmıştık "Seninle konuşacağım şeyler var" demişti neşeli sesiyle. Öncesinde ise teyzesiyle beraber halletmeleri gereken ufak bir işleri vardı, bittiği zaman bana haber verecekti. Böyle şeyler yapmazdım genelde, erkenden kalkar ve günümü verimli geçirmeye çalışırdım. Ama bugün yüreğimin tam ortasına bir bıçak saplanmış gibiydi. Annemin ölüm yıl dönümüydü. Tam oniki yıl oldu bugün. Öldüğü gün de hava aynen böyle güneşliydi ve sanki dünyadaki en güzel günmüş hissini yaratıyordu. Yatağımda doğrulurken yokluğunun acısını daha da hisseder oldum içimde. Onu çok özlüyordum. Sevdiğim kadının yanına gitme heyecanıyla doldurmaya çalıştım içimi. Yanılmamıştım. Bir sürü mesaj atmıştı, uykucu olduğumdan, hala uyanmamış olduğumdan şikâyet ediyordu. Birkaç tane sesli mesaj atmıştı. Bir yandan hazırlanıyor bir yandan onları dinliyordum.

"Koca adam hala uyanmadın mı, zile de bastım sabah ama yok. Teyzemleyim merak etme olur mu?"

"Uyuyorsun değil mi hala?"

"Amma uyudun ya, inanamıyorum sana"

"Hava çok güzel biliyor musun, teyzemle çay bahçesindeyiz şimdi."

"Bugün kendimi çok iyi hissediyorum biliyor musun birtanem? Havadan mıdır dersin? Ya ama hala uyuyor musun sen?"

"Biliyor musun Çağrı seni çok seviyorum. Bir bahar sabahı gibi, yağmurun altında ıslanmak gibi. Şu an yanımda olsaydın sıkıca sarılırdım sana. Kokunu en derinlerime kadar çekerdim. Saçlarınla oynardım, sana kızardım ama sonra kıyamazdım. Başımı omzuna yaslar sanki hayatımın son anlarını yaşıyormuş gibi, sadece sen olmaya çalışırdım. Dolaba yaprak sarması koymuştum tam şu anda aklıma geldi nedense. Sen seversin biliyorum. Seni çok seviyorum."

Ses kaydını kapatıp hemen Elif'i aradım. Erken uyanamadığıma hala inanamıyordum. Teyzesi ile işlerinin bittiğini umdum. Son attığı ses kaydı 3 saat öncesine aitti. Telefonu ise kapalıydı nedense, ulaşılamıyordu. Teyzesini aradım, ona da ulaşamadım. Çekmeyen bir yerde olmalıydılar. 1 saat sonra önemli bir toplantım vardı. Elif'e sesli mesaj bırakıp saat 6 da buluşacağımızı unutmamasını söyledim. İlla ki telefonunu açacaktı.

Ofise geçmeden önce, evi Elif'in düzenlediği şekilde toparladım. Çünkü dağınık bıraktığım zaman bir çocuk gibi azarlıyordu beni. Sonra üzülmüş numarası yapıyordum gerçi, hemencecik geçiyordu siniri. Evin altındaki çiçekçiden de annemin en sevdiği çiçekleri ısmarladım. İş çıkışında mezarına gidecektim, belki isterse Elif'i de götürebilirdim. Her sene olduğu gibi dedem benden önce gitmiş olmalıydı. Anneannemle yan yana olan annemin mezarının toprağını sular, temizlerdi. Ben bu sene de geç kalmıştım. Özür dilerim annem, yine geç kaldım işte. Bugün bir şeylere geç kalma günü sanırım. İşe de geç kaldım.

Ofise geçerken Elif'le beraber içtiğimiz kahveden aldım. O tatlı seviyordu ben ise acı, tam ortasını bulmuştuk beraber. Toplantıya girmeden onu aramayı düşündüm ama sonra vazgeçtim, nasıl olsa akşam direkt yanına gidecektim. Bugün kendimi mutlu edecek bir şeyler bulmam gerekiyordu. Sosyal medyada dikkat çekecek bir reklam projesinin içerisine girmiştim. Oluşturduğum animasyonların, yaptığım çekimlerin, aldığım sponsorlukların teslim günüydü, benim için bir adım, başka bir başlangıç olacaktı. Kabul edilirse terfi olmam, kendimi gösterebilmem söz konusuydu.

Son kontrolleri yapmak için bilgisayarımı çantamdan çıkarırken üzerine yapıştırılmış, Elifimin notu ilişti gözüme.

"Renkliler ve beyazları sakın bir arada yıkama."

Oturduğum yerde kendimi tutamayarak gülümsedim. Notu aldım, kokladım. Mis gibi sevdiğim kadın kokuyordu. Her şeyde onu duyumsuyordum. Elif'in diğer notlarının olduğu ajandanın içerisine özenle koydum. Her gün birbirimize yazdığımız mektuplar harici, sabahları mutlu olmam için bir not yazıyordu bana. Ben de onları biriktiriyordum.

"Bu sabah da Seni Seviyorum."

"Dün çok horladın."

"Dün beni öpmedin farkında mısın? Akşam da unutursan sana küserim."

"Yakışıklı reklamcı, sana sarma yaptım."

Bunlar beni her gün mutlu eden şeylerdi. Şanslıydım. İkimiz de şanslıydık.

Toplantıya girdim. Tam iki saat. Sonuç çok netti, beğenilmişti. Bir hafta içerisinde projem tüm sosyal medyada dönmeye başlayacaktı. Toplantıdan çıkar çıkmaz Elif'e mesaj attım ama geri cevap alamadım. İyice merak etmeye başlamıştım. Ofistekiler etrafıma toplanıp teker teker beni tebrik ettiler. Bunu hak etmiştim gerçekten. Akşam için yemek planı yaptılar ama incelikle reddettim. Hemen ofisten çıkarak önce eve uğrayıp üzerimi değiştirdim, sonra çiçekçiden çiçekleri alarak hava kararmadan annemin yanına gittim. Düşündüğüm gibiydi, dedem yine mezarların üzerini temizlemişti. Küçük küçük çiçekler ekmişti üzerlerine. Öpüp koklamıştı belki de sevdiği kadını, canından çok sevdiği kızını.

"Annem ben geldim. Bak en sevdiğin çiçekleri getirdim sana. Çok mahcubum, biliyorum bir çiçek affettirmeyecek beni. Dedemsiz geliyorum hep yanına. Ama ben yalnızken daha çok seviyorum seninle konuşmayı. Bugün çok güzel şeyler oldu anne, iş yerinde projem kabul edildi, terfi aldım üstelik. Sen zaten biliyorsun bunu. Beni her zaman izlediğini, bana her zaman destek olduğunu biliyorum. Buradan Elif'in yanına gideceğim, onu da getirecektim aslında ama sanırım işi biraz uzadı.

Seni çok özlüyorum anne. Düştüğümde dizlerimi öpmeni özlüyorum. Kokunu, sarıldığımdaki anne şefkatini özlüyorum. Sen gidince yalnız kaldım ben. Bir yanım hep eksik kaldı. Ama büyüdüm, hala büyüyorum. Sadece seni çok sevdiğimi bil annem."

Saat 6 ya yaklaşırken Elif'le buluşacağımız kafeye gittim. Bugün ayrı bir heyecanlıydım onu görmek için. Toplantıyı ve detaylarını anlatmak için sabırsızlanıyordum. Beni en çok destekleyen o olmuştu bu konuda. Onun fikirlerini de katmıştım projeme. Çok sevineceğini biliyordum.

"Ben geldim birtanem, seni bekliyorum."

Mesaj iletilmemişti. Aradım, telefonu hala kapalıydı. Bir şey mi olmuştu acaba? Ama bir şey olmuş olsa illaki haberim olurdu. Şimdi buradan teyzesine gitsem, ya gelirse beni bulamazsa, belki de şarjı bitmişti. Biraz daha bekleyeyim, eminim gelecekti.

Bir saat geçti. Gelmedi. Hem Elif'i hem teyzesini üst üste aradım. Açan olmadı. Hemen teyzesinin evine gittim. Işıklar yanmıyordu ama kapıyı tıkladım, dakikalarca zile bastım. Kapı açılmadı. Ne olmuştu? Neredeydiler? Bir yere gidecek olsa haber verirdi Elif bana.

Hemen okuldan arkadaşlarını aradım. Bilmiyorlardı. Lanet olsun ki hiçbiri bir şey bilmiyordu. Tekrar mesaj attım, telefon açılacak umuduyla saatlerce aradım. Gidebilecekleri her yere gittim. Belki de bana gelmişlerdi. Onlarda beni arıyordu ciddi bir şey olmuş olmalıydı.

Merdivenleri hiç soluklanmadan çıktım. Kapıya geldiğimde Elif'in küçük not kağıdı işte orada duruyordu.

"Seni seviyorum."

Not kağıdını alıp hemen içeriye girdim. Ama yoktu burada değildi. Elimdeki kâğıda baktım. Ben de seni seviyorum ama neredesin sevgilim?

Evin içinde dört dönüyordum. Ortak arkadaşımız kim varsa arıyor bir haber bulmaya çalışıyordum. Yok. Nasıl olmaz aklım almıyor.

Evin her köşesinde asılı duran notlarına baktım bir şeyler aramaya çalıştım ama yok. Buz dolabının üzerinde dediği gibi sarma tarifi duruyordu. Dolabı açtım. Buzlukta "Sevdiğim, sen seversin" notu iliştirilmiş dört paket sarma duruyordu. Nereye gittin Elif?

Bugün hava çok güzel demişti, mutluyum demişti. Konuşacağımız şeyler vardı. Gitmiş olabilme ihtimali bile beni çıldırtıyor şu an. Belki de gideceğini söyleyecekti bana, beni terk edecekti. Belki de bu yüzden farklı bir gündü bugün. Aklım almıyor. Gerçekten gitmiş olabileceği düşüncesi beni delirtiyor.

Ne olur Elif, ne olur gitmiş olma. Gitmeyeceksin biliyorum. Sen beni asla terk etmeyeceksin. Terk edersen ne anlamı kalır aşkın, mutluluğun, biz olmanın? Beni sevmiş olmanın ne anlamı kalır? Ne olur bir tanem, sabah olsun, ben gitmedim de gir şu kapıdan. İnan ki kızmayacağım sana. Gitmemiş ol lütfen.

Ben
gerçekten
çok
kırgınım

Sen böyle çekip gitmezdin. Çekip gidişinin bile bir anlamı olmalı.

Gidişinin üzerinden kaç gün geçti gerçekten bilmiyorum. Günlerdir ne yaptığım hakkında hiçbir fikrim yok. Saatlerce bana şarkılar söylediği o koltuğun üzerinde oturuyorum. Bazen aklıma geliyor camdan bakıyorum, belki yeniden görebilirim umuduyla.

Arada bir kapım çalıyor geri geldiğini düşünerek koşturuyorum kapılara. O ulaşamadığım telefonu her gün arıyorum, açılmayan ama açılmasını umutla beklediğim telefonun başında saatlerce bekliyorum. Her sabah evinin önüne gidiyorum, o terk edilmiş evde bir hayat belirtisi arıyorum. Arkadaşlarını arıyorum hem de her gün, çalıştığı okula gidiyorum, sonra eve geri dönüyorum. Belki, belki geri gelmiştir diyorum.

Evimin her köşesindeki eşyalar buradaymış gibi, yanı başımdaymış gibi kokusunu getiriyor burnuma ama yok.

Yoksun sevgilim.

Neden beni böylece habersizce, sessizce ve kimsesizce bırakıp gittin? Neden beni bu içinden çıkamadığım sorularla baş başa bıraktın? Ben sana ne yaptım? Seni bilmeyerek, istemeyerek üzdüm mü yoksa seni yeterince sevemedim mi? Neden gittin ki? Suç bende sanırım, seni yeterince sevmeyi başaramadım. Belki de seni yalnız bıraktım çoğu zaman. Ya da bu proje ile ilgileniyorum diye kızdın mı bana? Ama biliyorsun bunu ikimiz için başarmak istedim. Geleceğimiz için özenle uğraştığım şeylerdi bunlar. Hem ben seni çok severdim, hiç kıyamazdım ki sana.

Neden gittin Elif?

Gün aşırı sorduğum sorular hep nedenlere çıkıyor, gitmen için bir neden bulamıyorum. Her gün bana yazdığın notları inceliyorum. Bir sonuç arıyorum, aklıma hiçbir şey gelmiyor. O gün uyanmadım diye mi kızdın bana? O gün kötü bir gündü Elif, annemi kaybettiğim gündü. Nereden bilebilirdim ki senin de beni bırakıp gideceğini. Gelirsin diye umuyorum, kaç gün geçti hala sayamıyorum.

Ponçik'in haylazlıklarıyla da uğraşamıyorum artık. Sanki benim üzerimdeki mutsuzluğu hissediyor, üzerime çıkıyor. İlgilenmediğimde köşesine geçip mırıldanıyor. O da seni özlüyor, sessiz sessiz ağlıyor biliyorum.

İşe de gitmiyorum üstelik, çok mu umurumda sanki.

Kafamdaki gelecek planım sendin benim. O işin bile önemi kalmadı artık sen gittin gideli. Yaptığın yaprak sarmaları öylece duruyor, yemeye bile kıyamadım. Sanırım buzlukta, onlara bir şey olmaz. Seni özleyince açıp açıp bakıyorum ellerinin onlara dokunduğunu hissediyorum. Evi de toplamadım bugün. Çok berbat bir insan oldum, sen gidince anlamı kalmadı hiçbir şeyin.

Yaşamak nedir diye sormuştun ya hani bana?

Sen var olduğun sürece yaşarım ben demiştim. Şimdi yoksun ki sevgilim.

Bir başkası mı vardı yoksa hayatında? Bir başkası için mi terk etmiştin beni? Belki de seni benden daha çok sevebilecek birisi vardı.

Gerçekten emin olamıyorum. Neden gittiğini bir türlü anlayamıyorum. Yoruluyorum. Bir koltuktan ötekine geçiyorum. Bende kalan kemana dokunup o en sevdiğin şarkıları söylüyorum. Sonra geçmiyor. Geçmiyor işte ne bileyim.

Sahilde yağmurun altında bilerek ıslandığımız o gün geliyor aklıma. Sonra seni sandalla gezdirdiğim günü anımsıyorum hani şu çok korktuğun. Anlayamıyorum. Doluya koysam taşıyor, boşa koysam dolmuyor.

Yine de ben, inadına her gün bekliyorum.

Bekliyorum.

Duydun mu kırılan
kalbimin sesini?
Kopardın mı göremediğimiz,
bizi birbirimize
bağlayan bağları?
Hissettirdiğin güveni,
hatta bana güvenişini...
Köpek gibi seviyorum,
geberiyorum.
Neden gitti diyorum.
Dönsen diyorum önce,
sonra güvenemiyorum.
Belki de güvenmek
sevmekten daha önemli.
Bilemiyorum.

Seyrettiğim en güzel manzaranın, en güzel mavisinin, çiçek kokan gülüşüne sahipti. **Okuduğum en güzel şiirdi belki de.** Hatta sevebildiğim en güzel kadındı. Pas tutmuş kalbimin, yağ ve kir çözücüsü gibi. Anladığım ve benim ötemde gelişen bir romantikliğin baş karamanıydı o. **Ben bir kadın nasıl güzel sevilir bilmezdim.** Ya da incitmekten korkardım gülüşleri. İncittim, incindim. **Ama ben var ya, çok güzel sevdim.**

Sezen Aksu'nun "her şey bir anda anlamsız gelecek" dediği dönemdeyim. Sen gittikten sonra hiçbir şeyden zevk almamaya başladım. Kendimi toplumdan soyutladım. Benim hayatımın neşesi senmişsin. Duygusal bir film izlediğimizde, bana sıkı sıkı sarıldığında hiç gitmeyeceğini düşünmüştüm. Her kötü olduğunda sadece bana sığınacağını düşünmüştüm. **Peki neden gittin Elif? Bu soru günlerdir beynimi kemiriyor.** Hiçbir şey söylemeden neden gittin? Ben seni sevmekten başka hiçbir şey düşünmemişken, sen neden beni böyle paramparça edip gittin?

Hayır mutsuz da değilim aslında...

Bazen ağlayamıyorum. Hem de hiç. Bazen de ağlamamak için zor tutuyorum kendimi.

Kafamı koyuyorum masanın üzerine, dakikalarca matematik hesabı yapıyorum delice, delirmeyeyim diye.

İçiyorum bazen. Sırf içmiş olmak için. İçkiden medet umduğumdan değil. Onun bir çözüm olduğunu düşündüğümden değil. Ne acı çekmek ne de acımı dindirmek niyetim.

Kafama esiyor çıkıyorum evden. Nereye gittiğini bilmediğim o otobüsle, son durakta inene kadar ilerliyorum. Kimse umursamıyor nereye gittiğimi. Kimse bilmiyor ne hissettiğimi.

Kimim ben?

Sahi kimdim ben? Kimse bilmiyor, yüzüme bile bakmıyor hatta, bunu sorgulamıyor.

Güzel bir kadın yürüyor önümden. Güzelliği canımı acıtıyor.

Köşe başındaki kadın ağlıyor. Terk edilmiş belki de, bilemiyorum. Geçip gidiyorum. Kendime bile dokunamıyorum.

Sen yokken, kendimden de geçip gidiyorum.

Sonra farklı bir otobüse atlıyorum. Bu sefer eve gidiyorum. Kapıyı açıyorum. Sigaramı yakıyorum. Ayaklarımı uzatıyorum.

Bazen oh be diyorum, bazen de acı acı iç çekiyorum.

Çöküyorum. Ruhumu öldürüyorum.

Fazla da bir şey istemiyorum.

Unutma bunu, Karşılıklı olmayan hiçbir his, iki kişiyi bir arada tutmaya yetmez. Ne güven ne sevgi ne de aşk. **Seni sensiz de sevebilirim sanırım. Ansızın gidişin, tekli sevmelere de alıştırdı beni. Yana yana, kanaya kanaya öğrendim bekleyerek sevmeyi. Seviyorum, bekliyorum. Çünkü senin de beni hala bir yerlerde sevdiğini biliyorum.**

Kadınım...
Ben onun kirpik uçlarına kadar aşıktım...

Ne acılar birikmiş içimde. Kalemi elime alıp yazdıkça çoğalıyor sanki o acılar. Dokunmaya çalıştıkça her birine, yatıştırmaya çalıştıkça daha da çoğalıyorlar inadına. Çoğalmak ile kalmıyor, kanatıyor da üstelik. Oluk oluk kanatıyor. Anlamıyor hiç kimse, anlasınlar diye uğraşmıyorum. Anlamamaları bir bakıma hoşuma gidiyor. Kendim çekiyor, kendim yaşıyorum.

Sadece ben biliyorum gece başımı yastığa koyduğumda hissettiklerimi. Beynimin içinde dolanan böceklerin beni kemirişini, yiyip bitirişini tek ben hissediyorum.

Bir ben biliyorum o minik ellerine dokunamıyor olmanın acısını. Parmaklarına değemediğim ellerim biliyor, gözlerine dalıp gidemeyen gözlerim biliyor, sesini duyamayan kulaklarım biliyor.

Yüreğim sensiz çok üşüyor.

O kadar çok özledim ki ellerini. Sırf yeni oje sürdün diye dokundurtmadığın, benimse inadına bozduğum tırnaklarını o kadar özledim ki.

Hepsini ben bilirim.

Kadınım benim, hayatımın en nadide armağanı.

Sen aşık bir kadındın. Aşka aşık, aşktan vazgeçmeyen bir kadın. Çok geç oldu bunu fark edişim, beni değil de sadece aşkı tercih edişin. Bir seçenek olmak, aşık olunan değil, sadece o hissin denek olarak kullanıldığı bir yürek olmak acıtıyor içimi.

Bundandır belki de benim sana deli gibi tutuluşum. Vazgeçemeyip her gün deli gibi yanıyor oluşum.

Ve bundandır senin bana hiç tutunmayışın, ardında kırık dallar bırakıp yok oluşun.

Özgür kanatların, naif ruhun, buram buram aşk kokan tenin. Hepsi birer suçlu şimdi içimde. Tutuklanması gereken, müebbetlik birer suçlu.

Sana varamamış, senin olamamış olmanın acısı birikmiş tamamen içimde.

Çoğalmış, kanamış, kanatmış...

Ah! Kadınım...

Ben, özledim bizi...

Sen gittiğin günden beri,sana tekrar sarılacağım,tekrardan dizime yatıp saçlarını sevdireceğin günü bekledim. Hiçbir zaman senin boşluğunu başkasıyla doldurmaya çalışmadım,sen benim için sevgiliden öteydin. Sen sanki bu dünyaya benim içimdeki boşluğu doldurmak için gelmiştin. Biz birbirimizi tamamlayan mükemmel detaylardık.

Dün gece bir peri kızı rüyama girdi, sanılanın aksine beyaz değil, pembe tüllerle kaplı bir elbise vardı üzerinde. Bu kadar detayı nasıl hatırlıyorum bilmiyorum ama farklı bir göz rengi de vardı. Çıkaramadım. Nasıl mı biliyorum? Beni hiç kimsenin öpmediği bir yerden öptü. Alnımdan. İçim sıcacık oldu. Çok tanıdık bir şeyler vardı, sana benziyordu... Tam yatarken seni düşünmüştüm, seni dilemiştim. Bir peri kızı olup rüyama gelmiş olabilir misin? Yoksa ben özlemden deliriyor olabilir miyim? Belki de karşılıklı birbirimizi diliyoruz, kim bilir? **Düşünüyorum da, sadece yatmadan önce kurduğumuz o tertemiz hayallerimiz gerçekleşse yeter bence.**

Seni özledim bugün. Sohbetini. Sesini... Bize dair her şeyi özledim... Hissedilen her şeye cümle kurulmuyor işte. Seni nasıl sevdiğimi anlatmaya ne kalemim, ne de kalbim yeter. Seni Fenerbahçe taraftarının Alex'i sevdiği kadar, seni sıcak bir yaz gününde içtiğim buz gibi soğuk sular kadar sevmiştim... Seni suçsuz olduğum halde, yokluğundan özür dileyecek kadar çok sevmiştim.

Bugün

İnanır mısın, bugün fark ettim.

Ses tellerim yokmuş benim. Bakma öyle sorgulayan gözlerle. Kimseyle konuşamıyorum, anlatamıyorum derdimi. Yok, çıkmıyor sesim.

Sen bilemezsin ki bunu. Bir ben bilirim.

Ses telleri olmayınca bağıramazmış da insan. Derdini anlatamayınca kahrolurmuş. Kahroluyorum ama yine de çıkmıyor sesim.

Eksik kalırmış bir de her yönden, işte ben bugün bunu da fark ettim.

Sessiz kalırmış insan çevresine, gelene geçene, hayatındaki herkese ve her şeye. Yorgun kalırmış boşlukta. Düşermiş o boşluktan da, söylemeye korkarmış gibi.

En sevdiği şarkıyı söyleyemezmiş mesela ya da artık sevdiğim kadın diye seslenemezmiş.

Kendi kendine sinirlenip mırıldanamazmış.

Gitme bile diyemezmiş ona, demeye fırsat bile bulamazmış.

Diyemedim işte.

Sen öğrettin zaten gitme kelimesini de bana ve ben şimdi o kelimeyi bile haykıramıyorum sana.

Meğer sesim soluğum senmişsin benim.

Sen yokmuşsun artık ve ben bunu bugün fark etmişim...

Kendini inandırdığın
her şeyin başrolü
olursun zamanla.
Sonsuza dek aşık
kalmak gibi.
İyi düşün, sonsuza dek
aşık kalabilecek misin?

Sonsuza dek

Ben bir kadını sonsuza dek sevebilir miydim? Yanımda olmasa da neden gittiğini bir türlü anlayamasam da sonsuza dek sevebilir miydim?

Her köşede bir anısı dururken elbette sevebilirdim. İçimden hiç eksilmeden. Ya da sadece kendimi kandırıp dururdum bu yalanların içinde, sonsuza dek aşık kaldığıma inanarak.

Gün içinde koskoca bir boşluğa dalabilirdim öylece. İstersem ağlayabilirdim. Gülerdim belki ama bunu özellikle tercih etmiyordum.

İnsanlar sarıyordu etrafımı bazen. Mutlu insanlar, mutluymuş gibi davranan insanlar ya da mutluluktan hiç haberi olmayan insanlar. Gerçekten mutlu olduğuna inanmadığım insanlardı onlar.

Kapılar açılıyor, kapanıyor. Tanımadığım yüzler gözlerini dikmiş hayatıma bakıyor.

Ben sana bakıyorum, seni arıyorum. Gel gör ki, göremiyorum, bulamıyorum.

Seni soruyorlar durmadan.

Neden soruyorlar seni bana? Ben bile artık kendime soramıyorken, neden inatla seni soruyorlar bana?

Sinirleniyorum. Sinirden attığım kahkahalar sarıyor etrafı. Anlamsız yüzler anlamsız bakışlarla bakıyor hala yüzüme. Önemsemiyorum artık. Senden sonra kimseyi önemsemiyorum.

Çıkıp gidiyorum. Onlardan uzağa. Kendimden ve senden uzağa. Kaçtığımı sanıyorum ama kaçamıyorum. Peşimden koşuyorsun inatla, hayalin bırakmıyor yakamı. Çabalarım boşuna. Kaçmak boşuna.

Çığlık atıyorum, bağırıyorum. İçimden söküp atmak istiyorum. Yapamıyorum.

Bak ben sen gittin gideli tökezliyorum. Artık dayanamıyorum.

Herkes yaşattığını yaşamalı mı gerçekten? Ya sen yaşamalı mısın? **Kıyabilir miyim sana? Ah edebilir miyim beni bıraktığın sensizlik için?** Elinde olsaydı eminim ki bırakmazdın beni. Hayatta kötü sandığımız şeylerin bile iyi bir sebebi vardır belki de. Ben bu gece bu balkondan en güzel dileklerimi yolluyorum sana. Şu en uçtaki görünmeyen yıldıza bizimle ilgili en güzel şeyleri fısıldıyorum sessizce. **Gidişine ah etmiyorum.**

Yol

Bazı günler nereye uzansam, elimi nereye değdirsem sonu belirsiz bir yol çıkıyor karşıma. Zaten hayatımın sonuna gelmiş gibi hissettiğim, geri dönüşü olmayan bir yolum varken, yine belirsiz, hiçbir anlamı olmayan sonların müptelası oldum şu son zamanlarda. Camın kenarındaki koltuğumda saatlerce oturup düşünüyorum içime sinmeyen, bensiz ilerleyen şeyleri. Nerede yanlış yapıyorum, ya da ben nerede yanlış yaptım, hangi parçayı doğru yere koyamıyorum, gerçekten bilmiyorum.

Her şey olması gerektiğinden daha ters bir şekilde ilerliyor, durduramıyor olmak, hayatın kıyılarıma delicesine çarptığı dalgaların içinde tepetaklak olmak canımı içten içe yakıyor. Her şey başa dönmüş gibi.

Ben başa döndüm.

Aşk ise zaten geçmiş bir köşede alay eder gibi beni izliyor şimdi. Attığım adımların yaptığım hatalara dolanmasından zevk alırmış gibi. Kalk git demek de bana yakışmıyor. Severim aşkı, gelişini, gidişini. En azından kapımı çalan birinin olduğunu bilmek de iyi geliyor. Sebepsizce.

Derin nefesler alarak geçiriyorum her günümü. Tam bu koltukta, hiç yerimden kalkmadan. Camın önünden mutlu çocuklar geçiyor arada. Onları izledikçe ruhum sıkılıyor, biri beni boğuyor.

Kaybettim.

İçimdeki çocuğun mutluluğunu bile kaybettim. Hayatıma insanlar tarafından koyulan engeller, yüzüme sert bir şekilde kapanan kapılar, duvarlara toslayışım. Ayakta zor duruyor oluşumu bile kaldıramıyor bedenim. Ruhum sıkılırken canımı sıkan insanlarla geçirmeye çalışıyorum bana ait olmayan bir ömrü.

Zorlamıyorum. Sayamadığım kaçıncı sigara bu. Gerçekten bilmiyorum. İçime çektiğim duman genzimin derinliklerinde canımla boğuşuyorken ölüme yakınlık hissi de beni sevindirmiyor değil. Bilmiyorum. Bildiğim bir şey var ki o da çözüm değil.

Sen sevmezsin sigara kokusunu Elifim, biliyorum. Gittiğinden beri de sevmeyeceğin bir adam olup çıktım zaten, boş ver. Sigara falan içiyorum işte belki gelir kızarsın diye. Sana yakın olabilme hissi ile yanıp tutuşuyorum. İçtikçe sana yaklaşıyormuşum gibi geliyor, evet saçma bir düşünce. Sana yeniden kavuşuyorum mesela ve bana ortalığı dağıttığım için kızmandan bile mutluluk duyuyorum yine. Mutlu sonumuzu yazıyorum kendimce.

Umudu yitirmemek için direniyorum.

Herkes kendince bir şeyler söylüyor ilişkiler hakkında. **Herkes çok biliyor aşk sözkonusu olduğunda.** Giden hep kötüymüş, dönse de olmazmış. İlişki yama tutmazmış... Bittiysek, bozduysak biz olamazmışız. Dinlemiyorum onları yine de, reddediyorum. **Ben kendi gerçeğimi yaşamak istiyorum.** Yarım bıraktık sevgilim. O muhteşem duyguları, yaşanılabilecek nice güzellikleri. Yarım bıraktık. Araya ayrılık kattık. Sen benden, ben senden vazgeçerken, yarım bırakıldık sevgilim. **Dön sevgilim, herkese inat dön. Dön ki aşkın en güzel tanımını baştan yapalım.**

Senin gittiğin gün öldüğüm gündü benim. Öldüğüm gün yeniden doğdum ben.

Hani sen beni bahar ayının o tutkulu esintisiyle severdin ya, ellerin yüzümde gezinirken tam o anda vururdu baharın tenine karışmış taze ve ferah kokusu.

Güzelim.

Tam iki yüz on gün olmuş bugün.

Demek beni terk ettin. Henüz baharlarıma yeni yeni sinmişken, hayat üzerindeki o umutlu çizgim olmuşken.

Yani bırakıp gittin beni. Seni çok severken. Yarım yamalak bırakılmış cümlelerin içerisinde hapsedip gittin beni.

Takılıyorum buna takılmak zorundayım. Yediremiyorum o gidişi, gidişini, bir daha dönmeyecek oluşunu. Oturuyor içime, oradan oraya çarpıyor. Katı yüreğim dokunsalar ağlıyor.

Erkek adam ağlar mı hiç? Ağlamaz mı, hem de nasıl ağlar.

Git hadi durma. Gidebildiğin kadar uzağa git benden. İstemiyorum artık dönmeni. Alıştım buna, inan ki alıştım. Yalan söylediğimi sanma sakın.

Yani ben aslında hüzünlü, kederli bir adamım zaten. Bu duygulara alışığım, ölecek değilim gittin diye. Ölmem. Sensiz nefesim kesilse de ölmem.

Bahar ayından nefret etsem de ölmem.

Ölmem işte.

Güzelim.

Ölüm dediğin bir mezar taşı, üzerime atılmış toprak değil ki...

Ölüm, sen ve gidişin.

Ölüm senin içime acı acı sinişin. Gülüşün ve bahar aylarının güzelliği.

Ölürsem vasiyetimdir.

Beni baharın en güzel çiçeklerinin olduğu yere gömsünler.

Sevgilim neredesin? Yakınlarda bir yerde misin? Ben karşılaştığımız kafedeyim. Vakit ise... Bilmiyorum. İşte, herhangi bir vakit. Öğlen, akşam, gece. Verdim parasını kapattırdım kapıları. Senden sonra biraz müsrif oldum. Kâh yiyorum, kâh içiyorum, kâh gördüğün gibi kafe kapatıyorum. **Bazen sokaktan geçen bir kızı sana benzetiyorum. Özlüyorum.** Yanımda olsan diyorum. Öpsem koklasam. Doysam diyorum. Ben seni göremiyorum sevgilim, düşlerimde de göremem diye korkuyorum. Şimdi oturmuş bir ihtimal bu kafeye gelmeni bekliyorum. Canın sıkılmıştır belki, belki sen de özlemişsindir. **Özlediysen sen de, durma gel ve şairin de dediği gibi, "gördüğün yerde sarıl bana."**

**Kırılırım, dökülürüm,
belki de ölürüm.
Senden sonra
ne fark eder...**

Kırık Dökük

Varsın kimse sormasın derdimi. Bıraksınlar beni yalnızlığıma. Delirdiğimi düşünsünler hatta umurumda mı? Günlerdir giydiğim tshirt kirli, lekeler içinde kalmış olsun, ne fark eder? Ya da dolabım bomboş olsa, kuru ekmeğe talim etsem kaç yazar?

Sular da kesiktir şimdi, muhtemelen yatırmadığım fatura yüzünden. Yıkanmasam da olur zaten. Hah! Şükür ki elektrik var, yoksa televizyonun bangır bangır bağıran sesi olmasa ne yaparım ben?

Ne mi izliyorum? Bilmem...

Hakkaten ne var bu televizyonda? Hiçbir fikrim yok, ses olsun işte. Onlar konuşsun ben dinleyeyim, yeter ki beynimin içindeki sensizlik konuşmasın. Sesler susunca acı başlıyor, sen yetmezliği tavan yapıyor bünyemde. İmkansızlığının ilacı olsa ister miydim diye düşünmüyor da değilim hatta.

Niye diye sorarlar diye açmıyorum kapıları. Sağlı sollu

bira şişeleri de güzel bir atmosfer oluşturmuyor, kuşkusuz ama böyle işte, bende böyle.

Kasvetime bulaşmayın, derdimi sormayın yeter.

Kırılırım, dökülürüm belki de ölürüm. Senden sonra ne fark eder...

Ben hiç bu kadar susmak istememiştim.

Seni içime nasıl gömerim onu öğrendim önce.

Sonra günde üç paket sigara nasıl bitirilir.

Aç nasıl kalınmaz,

kek nasıl yapılır.

Sen nasıl dolma sarardın?

Penceremden ayaklarını sarkıtışını hatırlıyorum.

O en sevdiğin şarkıyı mırıldanışını.

Yanına yürüyorum, saçlarına...

Artık dokunamıyorum.

Çatı katına çıkıyorum.

Ağlıyorum. Gülüyorum.

Günden güne eriyorum.

Bu kat benim aklımı çeliyor.

Deli gibi çeliyor hem de. Atlamak ister gibi.

Atlamak ister gibi.

Kanatlanıp sana uçar gibi.

Çeliyor aklımı.

Canımı yaktın, hem de çok yaktın. Sana bu kadar kızabileceğimi, çok seviyorken nefret edebileceğimi tahmin etmiyordum. Hayatımda yaşadığım ilklere bir ilk daha eklendi seninle. Kaybettiğime, gittiğine hatta bilemediğim her şeye kızgınım. **Ben bu öfkeyle seni, beni, dünyayı, aşk denen bu duyguyu yakardım ama olsun güzelim, varsın güzellik olsun.**

Onu severdim.
Seni yani,
Bilirsin...
Gülü severken eline diken batması gibi bir şeydi benim sevgim.
Seni sevdim, kalbime battın, elime battın, gülüşümü acıttın.
Sonra gittin.
Neden gittin?

Herkes sevdiği ile sınanırmış.

Annem öldüğü zaman her gün dedemin yanına gider, eski anılarını anlattırırdım ona. Bir kadın koşulsuz, karşılıksız ve beklentisiz nasıl sevilir ondan öğrenmek isterdim. Duymak isterdim. Bu biraz olsun dindiriyordu içimdeki yalnızlığımı.

Hiç sıkılmazdı, hayır anlatamam demezdi. Oturur anlatırdı saatlerce annemi, anneannemi. Bazen birbirine karıştırırdı her şeyi. Annemin adını söyleyip anneannemle evliliklerini anlatır, "Hatice doğduğunda..." diye devam ederdi.

Her gidişimde benden özellikle taze ekmek isterdi, kendi yemezdi, o çok sevdiği köpeklerine verirdi. Önceleri o kadar ekmeği neden istediğini anlayamazdım. "Yine gel e mi evladım, ben seni çok sevdim" diye eklerdi.

Dedemin durumu muydu içimi sızlatan, yoksa unutulmak mıydı, emin değildim. Her defasında beni unutup yeniden sevmeye başlıyordu. Kırılmıyordum.

Koskoca bir yürekte her defasında yeniden sevilebilmek önemli bir şey olmalıydı.

"Herkes sevdiğiyle sınanırmış evlat, ömrüm boyunca anneannenle sınandım ben. Sonra Hatice gitti işte. Böyle çekip gidilir mi hiç?"

Böyle çekip gidilir miydi gerçekten?

"Yeşil gözlüydü Haticem. Çok param yoktu ki benim, mevsimlik bir işim vardı. Çoğu akşam eve ekmek getiremezdim. Bayatlamış ekmekleri ısıtıp ısıtıp koyardı hanım önümüze. Şikâyet etmezdi. Ben üzülürdüm bu duruma. Aşıktım ona, fedakarlığına. Hatice ise sessiz sakin bir çocuktu, maaş aldığım zaman onu gezdirir gönlünü yapardım önce. Bir gün bisiklet istedi benden. İçim içimi yedi aylarca. Param pulum yoktu, o zamanın parasıyla da o kadar pahalı ki, sorma gitsin. Birkaç ay biriktirdim parayı ikinci el bir bisiklet aldım. Çok mutlu olmuştu Haticem. Boynuma sarılıp beni ne kadar çok sevdiğini söylemişti, unutulur mu hiç o gün? Sonra evlendi işte. Beni bırakıp gitti."

"Ah be dedem, beni de bırakıp gittiler" dedim.

"Kim gitti?"

"Sevdiklerim işte. İçten içe kızıyorum gidişlerine. Biliyor musun deli gibi de üzülüyorum. Hiçbir şey üzüntümü, kızgınlığımı, onların yokluğunun yarattığı o berbat hissi geçirmiyor."

"Gitmeleri gerektiği için gidenlere kızmak haksızlık oğlum. Üzüleceğiz. Ben hiç üzülmüyorum mu sanıyorsun. Elbet bir gün buluşacağız. Sen ekmeklerden bahset hele bakayım, getirdin mi?"

"Getirdim, getirdim tabi buradalar. Neden her gün taze ekmek getiriyorum sana?"

"Bana değil anneannene getiriyorsun oğlum. O mutlu oluyor. Öyle düşün."

O an soluklandım, nefesim kesildi, sadece bekledim ve bir şey deme cesaretini kendimde bulamadım. Taze ekmekleri köpekler yedi, biz de dünden kalan ekmekleri ısıttık. Küçük ama anlamı büyük bir şeydi bu. Dedem ise içinde hala anlamını kaybetmeyen o güzel hislerle yaşıyordu.

Gidenlere de kızmadım.

Düşünüyorum da şu an uzanmış gülümseyerek beni düşünüyor olabilirsin. Tıpkı benim seni düşündüğüm gibi. Hata dışarıda yağmur yağıyor olabilir. Bu sefer yalnız ıslanma. Ara beni. Buluşalım, birlikte ıslanalım. **Üstümüze yağmur, yüreklerimize aşk yağsın.** Hatta o kadar aşkla dolalım ki, dizlerimiz titresin ayaklarımız tutmasın. Ayrı geçirdiğimiz günlere ağlayalım, yağmurun suyuna karışmış göz yaşlarımızla.

Ben senin saçlarını okşarken bile, saçını yanlışlıkla çekip canını yakmayayım diye özenle okşuyordum. Ben seni en ince detayları düşünerek, her dakika mutlu etmeye çalıştığım için mi kaybettim? **Hani hep derler ya, sevdiğin hiçbir zaman seni sevmez, birine kendini sevdirmek istiyorsan ona kötü davranmalısın diye.** Benim kalbim sana kötü davranmaya el vermezdi ki... Ben sana bir zarar versem kendi başıma gelmiş kadar üzülürdüm. **UYUYAMIYORUM!** Beni bir başkası için mi bırakıp gittin yoksa? O başkası da seni gördüğünde kalbi çıkacak gibi oluyor mu? Hiç sanmıyorum! Bunları düşündüğüm için kendimden utanıyorum Elifim, sen beni bir başkası için bırakıp gitmezsin, biliyorum bunu. Yine de beynim, ruhum ve kalbim her an karanlıklara hapsolmaya müsait yokluğunda. **Dönmelisin...**

Sesinle Uyanmak

O sabah farklıydı sanki. Nasıl bir uykuysa artık onlarca telefon ve zil sesine rağmen ölü toprağı serpilmiş gibi derin bir gaflet uykusuna dalmışım. Ne çok aramışsın beni. Üst üste mesajlar atmışsın "Hadi uykucu uyan!" diyen, havanın güzelliğinden, hayatın muhteşemliğinden bahseden. Sahi sen o gün mü gitmiştin? O gün güzel bir gün müydü gerçekten? Sesinin kuş cıvıltıları eşliğinde döküldüğü sesli mesaj tılsımlı, büyülü ve hayat doluydu. Sana gelmek hatta uçmak hissi uyandıran o coşkuyla nasıl da kalkmıştım yataktan. Aşka aşkla uyanmak, bir telefonla hayata bağlanmak, sesinde can bulmak büyü değil de neydi?

Önce sesinden, sonra nefesinden öptüm. Dinledim, dinledim, gülümsedim.

O günden sonrası puslu, bulutlu, vakitlerden nedir bilmiyorum şimdi. Ama bir gerçek var ki her sabah senin sesinden uyanmaya devam ediyorum ben. Israrla çalan kapıları nadiren açsam da hep aynı vakitte o şen, hayat dolu sesin doluyor odama. Senin mutlu sesine rağmen ben ağlıyorum. Şimdi camları döven yağmurla yarışan bir sağanak var gözlerimde.

Seni çok ama çok özlüyorum...

Şöyle bir bak etrafıma,
herkesin beklediği ama gel
diyemediği insanlar var.
**Gurur mu, yoksa inat mı
gel demeye engel olan?**
Ben gurur yapmayacağım
sevgilim. Israrla
seni isteyeceğim,
seni dileyeceğim.
Dualarda ismini anacağım.
Gel diye.

Hüzünlü Bir Ponçik

Bir şeylerin yanlış ve ters gittiğini hissediyorum bugünlerde. Eskisi kadar da sevmiyor artık beni. Yanına gidip sırnaşmasam aç olduğumu bile fark etmeyecek. Mırıldanmasam dokunmayacak tüylerime.

Evin içinde de yürüyemez oldum. Yerlerde ne olduğunu bilmediğim ama tadının berbat olduğunu deneyimlediğim gri döküntüler var. Hiç umursamıyor yerlere dökülmesini. Sürekli o beni seven, bana şarkılar söyleyen kızın oturduğu koltukta oturuyor. Sonra eline o gri şeylerin döküldüğü, ucu yanan kötü kokulu şeyi alıp dumanını üflüyor. Onu izliyorum sadece. Ne olduğunu ve nasıl hissedeceğimi bilemiyorum.

Evin güzel kokmasını özledim. Güzel şeyler yiyebilmeyi özledim. O güzel gözlü kızın sesini bile özledim. Neden gelmiyor acaba artık? Her gün gelip döktüğüm mamalarımı temizlerdi. Beni yıkardı. Tüylerimi tek tek sever, sohbet ederdi benimle. Çoğu zaman ağlardı. Bana sarılsın diye mırıldanırdım ona. Onu sevdiğimi söylerdim.

Beni sevdiğini söylerdi. Sonra bir daha gelmedi.

Bir kez daha inceledim onu. Elindekini bırakıp camdan baktı her zaman yaptığı gibi. Sonra beni inceledi uzaktan, boşalan kaplarıma su ve mama koydu. Yerine oturdu ama yine kendi için bir şeyler hazırlamamıştı. Acıkmıyor muydu acaba? Onunla paylaşabilirdim mamalarımı.

Sonra kalkıp korkarak yanına gittim. Ayaklarının ucuna oturdum. Garip bir hüzün vardı içimde. Beni sevmediği için gidecek miydi ya da beni tehlikeli sokaklara mı atacaktı yoksa? Ayaklarında dolandım biraz, mırıldandım. Beni iteklemesini bekledim. Buna alışmıştım. Öyle yapmadı, eğildi, ellerini bana uzattı ve kucağına alıp sarıldı. Gözleri ıslanmıştı. Küçük kalbim onun neden üzüldüğünü anlayamıyordu ama anlamsızca hüzün doluyordu benliğim. Yüzümü çenesinde gezindirdim, göz yaşlarını yaladım. Gülümsedi. Göğsüne doğru sıcacık bir yer buldum kendime.

Tüylerimi sevdi aynı o kızın da yaptığı gibi, tek tek, yavaş yavaş. Belki yıkardı da beni. Biliyor musun, ben seni çok seviyorum. Yıkamasan bile seviyorum.

Sadece biraz sever misin bu hüzünlü küçücük bedenimi?

Yoğun bakımdan yaşama
geri dönmüş gibi,
ruhum yeniden bir şeylerin
canlılığını tatmak
istiyordu bedenimde.
Suyun vücudumdan
akışını acılarımın
yok oluşuna benzettim.
Kuş olup uçmak gibi,
nefes alıp vermek gibi.

Kendini sev...

Bugün ''ulan ben ne yapıyorum?'' diyerek uyandım. Elifin yokluğuna kendimi nasıl alıştırabilirdim? İçine düştüğüm bu halden bir nebze de olsa sıyırmalıydım artık kendimi. Çivi çiviyi söker mantığıyla başka biriyle beraber olmak karşımdakini küçük düşürecek bir hareketti benim için.

Sevgisizliğimi başkasının duygularıyla oynayarak kapatmak istemiyordum.

Elif'i tamamen unutabilirsem başka biriyle bir şeyler yaşayabilirdim ancak, başka türlüsü sahtekarca bir davranış olurdu. Ben yolda yürürken Elif'in parfüm kokusunu hissettiğimde bile kalbim duracak gibi olduğu için, yeni insanlardan hep kaçtım. Artık ilişki de istemiyordum, yeni bir ilişkiye, yeni hayal kırıklığı, yeni üzüntüler diye bakıyordum. Belki de karşıma çok daha iyi anlaşacağım insanlar çıkacaktı ama buna halim kalmamıştı. Hayatımın arka fonunda ''ben yoruldum hayat'' çalıyordu sanki. Elif'ten sonra hayatıma bir panda gibi olduğu yerde yemek yiyip yatarak, oturarak ve yuvarlanarak geçirmeye başlamıştım. Bundan da sıkılmıştım artık.

Uzun zaman olmuştu dışarı çıkıp bir arkadaş ortamına girmeyeli. Kimin doğru ya da yanlış olduğuna karar veremediğim şu son günlerde belki de en doğru karardı bu davete gitmem. Zorlama şeyler oldum olası hoşuma gitmezdi. Ama kendimi ölümün kıyısına doğru itmek, kapılarımı sonsuza dek kapatmak içinden çıkılamayacak bir hal almıştı.

Elimdeki davetiyeye baktım. Renkli ve cıvıl cıvıl bir gecenin bileti gibi bana bakıyordu. Güzel olabilirdi dedim. Hem daha ne kadar böyle acı çektirebilirim ki kendime. Her gün evin içinde yataktan koltuğa, koltuktan işe, işten eve sürüklendiğim hayatımda bir şeyleri değiştirmem gerekiyordu. Elimdeki kumandayı televizyonun yanına bıraktım önce, su bardağının masamda bıraktığı izi kuru bir bezle sildim. Makinadan beyazları çıkarıp, renklileri attım.

Aynanın önüne geçip ne zaman yapıştırdığımı hatırlamadığım nota bakıp alaycı bir gülüş attım:

"Kendini sev!"

Kendimi seversem eğer, ben de her sevdiğim gibi gider miydim kendimden? Gitmezsem de çok sıkıntı değildi ya zaten, bu saçma hayata da bir yönden uyum sağladım işte.

Şekilsiz hale gelmiş sakallarıma dokundum. Çirkin bir adam olup çıkmıştım. Bu görüntü alışılagelmişin dışında bir rahatsızlık verdi bana. Dolapta aylardır sahipsiz bırakılmış tıraş makinamı alıp hoşuma gitmesini umduğum bir şekil vermeye çalıştım sakallarıma ve saçlarıma. Sanırım sadece kendimi biraz iyi hissedebilmek istiyordum, o kadar.

Kendimi daha ferah hissedebilmek umuduyla soğuk suyun altına attım bedenimi. Yoğun bakımdan yaşama geri dönmüş gibi, ruhum yeniden bir şeylerin canlılığını tatmak istiyordu bedenimde. Suyun vücudumdan akışını acılarımın yok oluşuna benzettim. Kuş olup uçmak gibi, nefes alıp vermek gibi bir şeydi.

Bugün daha farklı olacaktı her şey, hissediyordum. Hava geçen seneye göre daha puslu, yağmura yüz tutmuş bir haldeydi. Dolabı açtım, neyin temiz ya da tam kirli olduğunu kestiremiyordum. Aralarda bir yerlerde temiz kalmış beyaz bir gömleğim olmalıydı. Kırış kırış. Ütüyü çalıştırıp, hayatımızdaki bizi iyileştirebilecek şeylerin neden bir ütü olmadığını sorgulamaya başladım. Kırışmış bir gömleği düzgün bir hale getirmek bu kadar basitken ya da kirlenmiş bir çamaşırı makinaya atıp temizlemek, bozulmuş bir bilgisayara format atmak, kurumaya yüz tutmuş bir çiçeği su ile yeniden hayata döndürebilmek bu kadar kolayken **insanların yaralarını, bozulmuşluklarını tamir edebilmek neden bu kadar zordu?** Neden kolay bir çözümü yoktu ki bunun?

Aynanın karşısına geçtiğimde kendimi aslında ne kadar özlediğimin farkına vardım. Kilo almıştım. Biraz spor yapsam toparlanacak bir halim vardı. Belki sonra yapardım bunu. Neredeyse bitmiş olan parfümümün son damlalarını serpiştirdim üzerime.

Makineden çamaşırları çıkarıp astım önce. Sonra dağıttığım banyoyu toparladım. Yavaş yavaş öğreniyordum bir ev düzeni sağlamayı, evi dağıtmamayı. Odaya geldiğimde bilgisayar masasında duran, bana gülümseyen fotoğrafa gülümsedim.

Biliyorum, bugün güzel olacak.

Evin altındaki çiçekçiye inip en güzellerini seçtim kendi ellerimle. Hepsini sevdim. Yolda gidene kadar şarkılar mırıldandım onlara. İyi hissediyordum, saat öyle çok geç de olmamıştı henüz, orada olmalıydı bu sefer, yetişecektim.

Tahmin ettiğim gibi oradaydı. Yavaşça ilerledim yanına. Beni görünce doldu gözleri, gülümsedi, ne yapacağını bilemedi. Sıkıca sarıldı. Onu öyle çok özlemiştim ki. Canım, kanım birbirimizin tek tutanağıydık.

"Evlat beni şaşırttın bugün. Ne kadar uzun zaman oldu değil mi buraya beraber gelmeyeli? Temizledim ben biraz buraları annenle anneannen mutlu olsun diye. Sonra dedim ki Çağrım bugün erken gelir, ben biliyorum. Annen daha bir sevinmiştir şimdi oğlum."

"Dedem. Artık her şey çok daha farklı olacak, sana söz veriyorum."

Annemin mezarına yaklaştım. Her geçen yıl daha farklı biri olarak geliyordum yanına. Ona anlatabileceğim mükemmel anılarım yoktu belki ama her şey iyiye gidecekti, buna söz vermiştim. En basitinden, bu kadar üzmeyecektim artık kendimi. Mutlu olacağım yeni uğraşlar edinecektim. İnsanları sevmeyi öğrenecektim yeniden. Şarkılarımı korkmadan söyleyebilecektim. İşime daha düzenli gidecektim, yaptığım projelerden bir sınava girermiş gibi tam not olabilmek için gayret gösterecektim.

Kendim olmayı öğrenecektim, öğrenmeye çok geç kalmış olsam da.

Geç olsun güç olmasın derdin sen annem. Öyle oluyor işte. Seni çok seviyorum. Her zaman yanımda oluşunu hissediyorum.

Dedemle beraber yürümeye başladık. Dönüp bana bakıyor, arada gülümsüyordu.

"Ne oldu dede?" diye sordum gülümseyerek.

"Yok bir şey oğlum. Özlettin kendini, hasret gideriyorum kendi kendime. Nereye gidiyorsun böyle?"

"Eski arkadaşlarımdan birinin düğün davetiyesi geçti elime. Gitmeyi düşünmüyordum aslında ama sabah uyanınca bütün fikirlerim değişti. Onların yeni başlangıçları belki benim için de bir başlangıç olur diye düşündüm.

"Neden olmasın? Eğlenmene bak biraz, hayatın tadını çıkar."

Eğlen ve hayatın tadını çıkar...

Hayatın tadı nasıl çıkardı sahi? Bir portakal gibi sıkacakta sıksam faydası olur muydu? Aşırı saçmaladım, farkındaydım.

Hayatın tadı bende saklıydı. Kendimi ne kadar iyi ve motive olmuş hissedersem tadını o kadar çıkarabiliyordum aslında. Bugünkü amacım da buydu.

Düğüne geçmeden önce kuyumcuya girip iki küçük altın aldım. Kuyumcunun aynasından son bir defa nasıl göründüğümü inceledim. Kasadaki kız ile göz göze geldim. Gözlerini kaçırıp gülümsedi. Ödemeyi yaparken kaldırmadı kafasını. Bu durum anlamsızca mutlu etti beni.

Düğünün yapılacağı alana geldiğimde bu yeni ortam için hazır hissediyordum kendimi. Biliyordum çok fazla laf işitecektim. Beni günlerce arayıp ulaşamayan arkadaşlarım, cevapsız bıraktığım mesajların hesabını teker teker keseceklerdi bu gece benden. Olsun kesilsindi, buna razıydım.

Ortam o kadar güzeldi ki içimde yeniden açan çiçekleri hissedebiliyordum. Bir kır düğünü. Ferah bir atmosfer.

Karşıdan bana el sallayan Gökhan'ı gördüm önce. Koşarak geldi yanıma, sarıldı.

"Çağrı! Gelmişsin. Oğlum nerelerdesin ya sen? Arıyoruz, arıyoruz ulaşamıyoruz. Kayboldun gittin be!"

"Buradayım işte Gökhan. Diğerleri nerede?"

"Bak oradalar hadi gel. Yalnız uyarayım, işiteceğin azarlar için hazırla kendini."

Gökhan'a tekrar sarıldım. O kadar uzaklaşmıştım ki dost dediğim bu insanlardan, dost kavramı bile anlamsız bir kelime oluvermişti sadece. Hepsi oradaydı. Hakan, Murat, Berk, Duygu, Aslı ve tanımadığım bir kadın daha. Bir yerlerden tanıyor gibiydim ama nereden olduğunu çıkaramıyordum.

Beni görünce kızmanın da ötesinde bağırış çağırışlarla tepki verdiler. Sandalyeleri başıma atmadıkları kaldı sadece. Bunlar öylesine verdikleri tepkilerdi biliyordum. Beni merak etmişlerdi. Haklıydılar. Duygu yaklaştı yanıma. Üniversite anılarımız canlandı kafamda birden. Dans müziği de o kadar tanıdık geliyordu ki şu an.

"Hatırladın mı bu şarkıyı? Hadi gel dans edelim."

Hatırladım. Mezuniyet yemeğinde dans ettiğimiz şarkıydı. Ne Duygu unutmuştu, ne de ben. Tuttu elimden piste çıkardı beni.

"Sana bir şey olduğunu düşündük Çağrı. Hiçbirimizle görüşmedin. Bir anda kopardın iletişimini bizimle. Düğünümüze bile gelmedin."

"Aaa evlendin mi sen?"

"Şaşkın mısın sen? Oğlum biz Murat'la birlikteyiz ya kaç yıldır, evlendik sonunda."

"Ooo, kendime inanamıyorum şu an. Özür dilerim ben, ben iyi değildim uzun zamandır. Toparlanmaya çalışıyordum."

"Biz ne güne duruyorduk? Farkındaydık bir şeyler olduğunu da, hiç anlatmadın ki bize. Biz yanında olurduk her zaman, bu kadar uzaklaşmana gerek yoktu."

"Biliyorum elbette. Sadece bir dönüm noktasıydı benim için. Ama iyiyim ve artık sizinleyim. Bir şey sormak istiyorum. Hakan'ın yanındaki kadın kim? Bir yerden tanıyor gibiyim. O da mı evlendi yoksa."

"Yok canım evlenmedi ama evlenir. Nişanlısı. Müzik öğretmeniymiş. Bir yıldır falan birlikteler işte."

"Yaa, müzik öğretmeniymiş demek."

Bu kadar tandık oluşunun altındaki şeyi anlamaya çalıştım. Anlayana kadar sormak daha mantıklı bir karar olacaktı.

"Hakan kardeşim hayırlı olsun, nişanlanmışsın."

"Ya öyle oldu kardeşim. Haber verelim dedik ama dönmedin ki aramalarımıza. Nişanlım Esen."

Esen. Elimi uzatırken o gülümseyiş geldi aklıma. Nereden tanıdığımı çok net hatırlıyordum şu an.

"Memnun oldum Esen, biz tanışmıştık sanırım daha önce. Bundan 2 yıl kadar önce, Beşiktaş'ta bir kafede."

Bu soruyu yöneltmemle Hakan'ın bakışları da bana yönelmişti.

"Aaa evet ben de sizi nereden tanıdığımı düşünüyordum. Elif'le kahve içmiştiniz, sadece küçük bir selamlaşmıştık."

Elif. Nasıl unutabilirim ki onu ve ona ait anıları.

Hakan dayanamadı sohbetin içerisine atlayıverdi bir anda.

"Elif kimdi hayatım?"

"Okuldan arkadaşım, hani Aralık ayında cenazesi için İsveç'e gitmiştim. Çok gençti. Siz birlikteydiniz sanırım. Çok üzülmüş olmalısın Çağrı. Hiçbirimize bir şey söylemeden İsveç'e gidişinde bir şey var demiştim ben hep. Güzel arkadaşım benim. Mekânı cennet olsun."

Esenin cümleleri, sesi kulağımda çınlıyordu duyuyor ama algılayamıyordum. Ne cenazesi ne İsveç'i?

"Duu du dur bir dakika. Ne cenazesinden bahsediyorsun sen. Elif öldü mü?"

Herkes suratıma bakıyordu. Yutkunamıyordum.

"Ben, biliyorsun sandım. Özür dilerim. Seni üzmek istemezdim."

Bu nasıl olabilirdi? Ölmüş olamazdı Elif, bir yanlışlık vardı bu işte. O hayat dolu kadın. İnanamıyordum. Buna inanmak dahi istemiyordum. Ayaklarım tutmuyordu. Kalbimden yere dökülüyordu tüm canım. Ruhum çekiliyordu, dağılıyordum. Gökhan öylece desteksiz kalan bedenimin desteği oluverdi. Oturdum ve yutkundum. Önce önümdeki suyu içtim, sonra garsonun getirdiği kırmızı şarabı. Gözlerim kan çanağı gibi olmuştu. Tutuyordum yaşlarımı şu an, ne zamanı ne de yeriydi. Kendime verdiğim sözlerden dönüşüm için beklemeliydim biraz daha.

Düğünün sonunda Gökhan eve kadar bırakmıştı beni. Eve girdiğimden emin olmak istemişti, hatta yanımda kalmak istemişti ama gerek yok demiştim. Yanımda olması şu an hiçbir şeye fayda etmeyecekti.

İçimde devasa bir yangın vardı, benden geriye ne kalmışsa yakıyor, yıkıyordu. Küle dönüyordum. Neler düşünmüştüm gidişinin ardından. Aklımdan neler geçirmiştim oysaki. Hatta şu an mutludur, gülüyordur ve hala ne kadar güzeldir diye hayal ediyordum hep. Oysa sevdiğim kadın yokmuş. Ölmüş ve ben onu tutamamışım. Ne yapmışım ben? Nasıl bir adammışım?

Ona sarılamadığım, öpemediğim, saçlarıyla oynayamadığım kayıp her dakika için nefret ettim kendimden, keşkeler doldu içime. Keşke daha fazla baksaydım gözlerine, daha fazla vakit geçirseydik, daha fazla gülseydik, daha fazla anı biriktirseydik...

Ölüm vardı işte!

İnadı bırakıp, karalar bağlamayı bırakıp sevmek, sevginin peşinden koşmak ne kadar değerliydi. Gurur yapmak, görüneni kabul edip dibe vurmak hiçbir şey kazandırmıyordu insana.

Sana aşkla bakan gözleri, ellerini tuttuğunda titreyen elleri gururla elde edemiyordun.

Kırıp dökmeden sevmek, görünüşe aldanmadan inadına sevmek ve koşulsuz inanmak gerekiyordu...

Göz yaşlarımı tutmaya çalışarak Elif'in bendeki eşyalarını kaldırdığım odaya girdim. Hepsini özenle kutuların içerisine yerleştirmiştim. Atmaya elim gitmemişti çünkü. Hiçbirine kıyamazdım.

Kutulardan birini aldım. Tüm fotoğraflarımız bunun içerisinde duruyordu. Elim titreyerek açtım. Gülümsüyordu. Sadece gülümsüyor, hayat enerjisi saçıyordu etrafıma. Nasıl ölmüş olabilirdi? Her fotoğrafını inceledim eksiksiz. Mutluydu, yanımdayken mutluydu. Onu öyle çok özledim ki.

Diğer kutuyu aldığımda göz yaşlarımı tutamayacağımı biliyordum. Her gün bana yazdığı notlar. Ajandayı çıkarttım kutudan. Hepsi hala sevgilim gibi kokuyordu.

"Seni seviyorum."

"Günaydın şapşik. Dün çok kola içtin."

"İyi işler sevgilim. Günün güzel geçsin."

"Mezun oldum."

"İş buldum. İyi ki varsın."

Odanın ortasında öylece kalakalmıştım. Göz yaşlarımı sildim ellerimle. Neden öldüğünü öğrenmem gerekiyordu sadece. O an aklıma zarfların, birbirimize yazdığımız mektupların bulunduğu kutu geldi. Birbirimize söz vermiştik açmayacağımıza dair. Bu söze o kadar bağlı kalmıştım ki, varlığını bile unutmuşum bu mektupların. Mektupları açacağım tarihin üzerinden haftalar geçmiş.

Birbirimize mektup yazalım dediği gün bir şeyler olduğunu anlamıştım. Bunun olabileceğini, böylesi bir şeyin bizi bulabileceğini tahmin etmiyordum asla, aklımın ucundan bile geçmemişti.

Tedirgin, kuşkulu ve sakin bir şekilde, ilk mektubu okumaya başladım.

"Her gün sana gelmek sevgilim, bir çiçeğin açması gibi içimde. Hani sana söylediğim, mırıldandığım o renkli şarkılar var ya? Onlar gibi hissediyorum bugün. Sandığın gibi bir derdim de yok benim, okul da değil beni üzen esasında.

Seni geride bırakıp gitmekten korkuyorum sadece. Bu hisle geziyorum yüreğimde.

Hep umut ettim içimde. Düzelecektim biliyordum. Er ya da geç. Ne seni bensiz ne beni sensiz, bizi bizsiz bırakmayacaktım. Tahlil sonuçları güzel geldi bugün. Senden gizli gizli gittiğim doktorum öyle söyledi ya da bazen beni oyalıyor bilmiyorum.

Sen ne yazıyorsun acaba o mektuba? Beni sevdiğini mi yoksa?

Ben de seni seviyorum. Bizim için hep daha iyi olacağım. Bunu başaracağım, biliyorum."

"Bugün yine evi o kadar çok dağıtmışsın ki, okulda öğrencilerle uğraşıp buraya gelip sana yemek yapmak, ardından evi toplamak gerçekten beni yoruyor. Bugünlerde fazla yoruluyorum ama sen bunu nereden bileceksin ki? Henüz vakti değil. Biliyor musun o projeyi sen kazanacaksın. Sana tüm kalbimle güveniyorum. Bir de acaba o bardağı oraya koymasan mı, leke yapıyor da. Ya da her neyse. Bol öpücüklü mektuplaşmalar."

"Resmen bugün benimle Latin dansına gelmedin. Sana o kadar çok kırıldım ki. Kendimi iyi hissetmek için uğraşıyorum. Bunu hisset istiyorum ama sanki bazen beni anlamıyorsun. İçten içe kızıyorum sana. Bana destek ol istiyorum. Sanki arada anlayışsız olasın geliyor. Duygu geçişlerini anlamak imkânsız.

Neden sen mektubunu yazarken gülümsüyorsun? Ne yazıyorsun bana? Öyle merak ediyorum ki.

Ne zaman okuyacağız bu mektupları? Ya ben hiçbirini okuyamazsam ne olacak? Her neyse, sana hala kızgınım."

"Sana, seni annen gibi seviyorum demiştim ya? Bugün bunun değerini çok daha iyi anladım. Deden o kadar derin bir adam ki ve sen ona o kadar çok benziyorsun ki. Annen çok şanslı bir kadınmış. Güzel bir babaya, harika bir oğula sahipmiş. Ben seni hep annen gibi sahipleneceğim sevgilim. Seni sonsuz sevgimle, tüm kalbimle, ömrümün yettiği yere kadar seveceğim. Biliyorum sen de beni annen kadar güzel, karşılıksız ve masum duygularla seviyorsun. Biz sevdiğimiz sürece dönecek dünya ve her şey anlamını bulacak."

Bugün çok korkuttun beni koca adam. Sen evden çıkıp giderken seni kaybetme korkusuyla boğuştum. Binmeni hiç istemedim o motora. Hastanede ise karşına öyle geçmek benim için çok zordu. Sen benim bu hayatta yaşamak için tek nedenimsin. Seni sarıp saklayacağım, ki başına hiçbir şey gelmesin.

Göz yaşlarıma engel olamıyordum. İçime ağır bir yük binmişti. Gitmeseydin, bana anlatsaydın sevgilim. Her şey anlamını bulacaktı o zaman. Neler hissettiğini, neler yaşadığını görememiştim. Kendimden nefret ediyordum, berbat hissediyordum.

Son bir mektup kalmıştı gitmeden önce yazdığı. Mektubun içerisinde beni neyin beklediğini bilmiyordum ama okumak zorundaydım. Şurada son nefesimi veriyor olsam bile okumalıydım o mektubu.

"Sevgilim.

Yarın ikimiz için de çok farklı bir gün olacak. Bir şeylerin anlamını bulması gerekiyor. Yarın teyzemle son tahlillerim için gideceğiz hastaneye. Ben çok umutluyum. Kendimi o kadar iyi hissediyorum ki. Yarın tahliller de pozitif çıkarsa beynimdeki tümörün alınabilmesi için hiçbir risk kalmayacak önümde. Sonra yanına geleceğim koşarak boynuna sarılacağım. Annenin mezarına beraber gideceğiz. Sen projeyi almış olacaksın. Bunu kutlayacağız. Sana şarkılar söyleyeceğim. Sonra ameliyat olacağım, hep yanımda olacaksın. O hayal ettiğimiz eve taşınacağız. Ömrüm yettiğince yanında olacağım ve seni hiç yalnız bırakmayacağım.

Ama eğer yarın her şey olumsuz sonuçlanırsa belki de bir daha birbirimizi göremeyeceğiz sevgilim. Bunu aklımdan geçirirken, sana bakmak göz yaşlarımın içime akmasına neden oluyor. Hani bir film izlemiştik ya, kız sevdiği adamı bırakıp gidiyordu. Hastaydı çünkü. Seni özellikle götürmüştüm o filme, vereceğin tepkiyi merak ediyordum. Sen duygusalsın bunu biliyorum ve ben benim acımı benimle beraber çekmeni göze alamam. Ben senin gözlerinin önünde ölürken, bu seni paramparça edecek biliyorum.

Eğer gidersem bir tanem, çok üzülme olur mu? Eğer bu mektubu beraber okuyorsak şu an zaten her şeyi geride bırakmışız demektir. Ama sen bunu yalnız okuyorsan her şeyi yeni öğrendiğin için üzgünüm. Öğrenmek istediğin çok şey olacak biliyorum. Yarın gidecek olursam eğer İsveç için biletimi aldım, annemin yanına gideceğim. Adresi buraya not düşüyorum.

Üzülme olur mu? Seni hep seveceğim ki ben. Sen de beni seveceksin bunu biliyorum. Ne kendini ne de beni suçla, bunu yapma. Bak ben umut ediyorum. Yarın güzel olacak ve pozitif çıkacak sonuçlarım. Hep seninle olacağım ben."

Sevdiğim kadın
gözlerimin önünde
ben fark edemeden
kurudu.

Sevgim yetmedi
hasta yüreğini
sulamaya.

Annem

Önce hayatımdaki ilk kadından, yani annemden başladım bir kadını sevmeye. Haylazlık yapsam bile peşimde koşturan beni bırakmayacağına inandığım o güçlü kadından.

Yemeğimi yediren, derdimle uğraşan, kavgalarıma, gürültülerime rağmen beni sevdiğine inandığım ve çok erken kaybettiğim o kadınla başladı her şey.

Gidişinin ardından yolumu bulamadım uzun bir süre. İyi gelmedi hiçbir sevgi, hiçbir dokunuş. Hani böyle eti lime lime ederler, kıyma gibi yaparlar ya, işte onun gibi, o kesilişin hissi gibi bir şey vardı derinlerimde. Öyle bir acı.

Sonra seni gördüm. Gülüşünü gördüm. Bu dünyanın tüm kötülüğüne rağmen o tertemiz kalmış gözlerini gördüm.

Acımın dindiğini hissettim. Yeniden bir kadının ne kadar güzel sevilebileceğini duyumsadım içimde. Sarıp sarmalamak istedim. Kayıplarımı kollarında huzura kavuşturmak istedim. Başka bir derdim yoktu benim.

Duydum ki annem çağırmış seni, ben buna hiç gücenmedim.

Unutmak aşka en büyük ihanettir sevgilim. Seni unutmak ise başlı başına bir cinayet. Sen benim yüreğime hep hoş geldin. Sevdim ve sonsuza dek seveceğim.

Hiç bilmediğim bir ülkenin, adını bile ilk kez duyduğum şehrinin, tanımadığım yüzleri arasında atıyordum tedirgin adımlarımı. Şimdi daha mı yakınım sevdiğim kadına? Bir yıl önce o da tam bu havaalanına inmişti değil mi? Onun da adımları benim kadar ürkek miydi? Korkmuş muydu geride bıraktıklarından? Benim gibi gözleri dolmuş muydu elindeki valizine bakarken? Yanında benim olmayışım düğüm düğüm hissettirmiş miydi yüreğini?

Öyle çıkılmaz bir yerdeyimki şu an. Gelmek, sevdiğim, kaybettiğim kadın için bilmediğim bu şehre gelmek zor bir karar oldu benim için. Beni iyileştirecek o şey buradaydı belki ya da tamamen yok edecek bir yola doğru atmıştım artık adımlarımı.

Öyle çok isterdim ki şu an yaşıyor olmasını, ben şaka yapmıştım sana diyerek boynuma sıkıca sarılmasını. Elimi tutup bana bu şehri onun gezdirmesini. Bilmediğim bu sokaklarda onunla kaybolmayı delice isterdim. Uçağa bindiğimden beri bana yazdığı mektupları beynime kazıyormuşçasına okudum. Hiçbir kelimesini atlamadan. Her kelimesinden farklı bir anlam çıkararak sahipleniyordum onları. Belki anlamsız bu yaptığım, belki de hastalıklı bir davranış. Ama vazgeçemiyorum ki. Ona kavuşma hissi var içimde. Ondan bir şeyler bulabilme hissi.

Elimdeki kâğıtta yazan adrese baktım önce, sonra önümdeki boş sokağı izledim. Öyle güzel tarif etmişki gideceğim yeri. Bu caddeden sola dönersem taksi durağını göreceğimi söylemiş. En güvenebileceğim taksiler oradaymış. Dediği gibi yaptım, biliyordum, fark edemesem de o beni bir yerlerden izliyordu.

Beni götüren bu yolu inceledim uzun bir süre. Dökülen yaprakların ağaçları çırılçıplak bırakmış olmasına gücendim. Ben bunları düşünürken taksicinin bildiği tek İngilizce kelimeyle, "burası" deyişiyle zar zor kendime geldim.

İşte geldim sevgilim. Artık sana daha çok yakınım.

Açılmasını umarak sakince bastım zile. Kapıyı açan kadının güzelliği ve gözleri beni alt üst etti, bunun olmasını beklemiyordum. Aynı ona benziyordu.

"Hoş geldin. Umarım evi bulmak senin için çok zor olmamıştır. Hadi gel."

Başımı öne eğip gülümseyebildim sadece. İçeri girdiğimde duvarlarda asılı gülümseyen hayat dolu fotoğrafları karşıladı beni.

Annesi hemen bir şeyler hazırladı, öyle çok bir şey de konuşmadı benimle. Önümdeki tabakta duran şey ise daha çok şaşırmama neden olmuştu. İnce ince sarılmış sarmalar.

Yanıma oturdu. Onun bana söylemek istediği çok şey, benim ise sormak isteğim çok fazla soru vardı. Belki de ikimiz de birbirimizde ondan bir şeyler olabileceğini düşünüyorduk.

"Ben bilmiyordum. Daha yeni öğrendim. Bu nasıl oldu hala aklım almıyor. Ne zaman öğrenmiş beynindeki tümörü ben nasıl fark edememişim bu durumu?"

"Sana söylemeyi çok istemiş. Seni gördüğü o ilk anda söylemek istemiş hatta. Ama seni hiç üzmek istememiş."

"Tanıştığımızda hasta mıydı? Ben inanamıyorum kendime."

"Lütfen kendini suçlama. Seninle tanıştığı gün aslında yanıma dönmeyi planlıyordu. Sonra bir anda vazgeçti.

Sen onun yaşam sevinci olmuştun. Her doktora gidişinde umut sarıyordu içini. Ama sonra bir şeyler ters gitti. Beni aradı, tamamen geliyorum dedi. Sonrası ne onun için ne de bizim için hiç kolay olmadı. Buraya geldi. Yeni bir doktor ayarladık ama çok geç kalmıştık. Sonra bir ay içerisinde kaybettik onu. Hiçbirimizi üzmek istemedi son zamanlarında. Neşeliydi. Umudu kalmamıştı ama gülümsüyordu sürekli. Seni aramak istedim, haber vermek istedim ama o istemedi. Senin bir gün geleceğini söylerdi hep. İyi ki geldin."

Yutkunamadım. Yine boğazım düğüm düğüm olmuştu ve ben bu hisse bir çare bulamıyordum. Melek sevgilim. Bensiz tutunmaya çalışmış bu hayata. Ben onun için canımı vermeye bile razıyken.

"Ben o kadar başka şeyler düşündüm ki. Kendimi aptal biri olarak hissediyorum şu an."

"Neler düşündüğünü, neler hissettiğini tahmin edebiliyordu, sürekli seni konuşuyordu. Odası yukarıda çıkmak ister misin? Hiç dokunmadım eşyalarına, seninle alakalı biriktirdiği şeyleri koyduğu bir kutu vardı, sadece onları getirdim hastaneden."

Buna hayır diyemezdim. Karşılaşacağım manzara karşısında ayakta duramayacaktım belki de ama bu ona son veda edişim olacaktı. İçeri girdim. Pudra yatak örtüsü hiç bozulmamış duruyordu. Yatağının başucuna ise kendini motive etmek için yazdığı küçük notları yapıştırmıştı.

Gümüş simli büyük kutu ise masanın üzerinde açmam için bekliyordu. Kutuyu alıp onun da burada olduğunu hissederek yatağın kenarına oturdum.

Önce ikimizin beraber çektirdiği fotoğraflar geldi elime. Her birinin arkasına tarihlerini atmıştı ve hepsinin üzerinde unutmamak için yazıyordu. Gülümsedim.

Unutmak ihanet etmektir sevgilim.

Sonra ona yazdığım mektupları buldum. Benden önce okumuştu hepsini. Okuyamamaktan korktuğu için yapmış olmalıydı bunu. Yazdığım mektupların harfleri ıslanmış gibi birbirine girmişti. Ağlamış mıydı? Bensiz ama benimleyken ne kadar acı çekmişti sevgilim. Düşünmek bile kemiklerimin kırılıp, derimin büzüşmesine neden oluyordu. Yine o aynı dağılma, paramparça olma hissiydi içimdeki.

Kutuyu biraz daha karıştırdım. Hastanede taktığı tokalar, rujları, parfümü. Bunları yanımda götürmek istiyordum.

Sonra bir mektup geldi elime. Üzerinde "Geleceğini biliyordum. Hoş geldin" yazıyordu. Okumak için can atıyordum.

Kutuyu alıp aşağıya indim. Annesi hazırlanmış beni bekliyordu. Elinde de Elif'imin en sevdiği çiçekler.

"Kutu sende kalabilir" dedi duvardaki fotoğraflardan birini kutuya koyarak.

Hiç ummadığım bir şekilde Elif'in mezarına doğru ilerlerken, yüreğimin ateş alıp kül olmasından korkuyordum.

Böyle olmamalıydı güzel sevgilim. Ne sen ölmeliydin ne de ben bu yolu böyle çaresizce yürümeliydim.

Elif Aktaş

12.08.1993-20.12.2016

Rengarenk çiçeklerle donanmış mezarına geldiğimde tutamadım göz yaşlarımı. Acıdan bir dağ üzerime devrilmiş gibiydi. Bu kadar sabredebilmiş olmam bile benim için çok zordu. Toprağına dokundum. O toprağa ekili her çiçeği teker teker sevdim. Şimdi o kadar farklı bir noktadaydık ki. Beni annem gibi seven bir kadının mezarının başında olmak canımı ölesiye yakıyordu.

Kaç saat geçirdim mezarın başında bilmiyorum. Sadece artık annemle beraber olduklarını biliyordum ve bu beni diğer yandan anlamsızca mutlu ediyordu.

Elif'in annesi, hadi gidelim manasında omzuma dokundu.

Gidiyordum ama aşkımdan bir parçayı tam bu köşeye bırakıyordum sevgilim. Dilimden düşürmediğim en büyük duamsın sen, yine geleceğim. Hep seninle olacağım. Biliyorum bir gün yeniden birlikte olacağız. Seni hep seveceğim ve asla unutmayacağım, buna söz veriyorum.

Melekler hep yanında olsun. Huzurla uyu bir tanem.

Gidiyorum

"Yolcularımızın dikkatine."

Sağır olduğum tüm seslerin son durağındaydım artık. Acımı bastırmakta çaresiz kaldığım anlara bir yenisini daha ekleyen, dönüşü olmayan o durakta. Anlamsız gelen yüzler, ellerinde valizleriyle koşturarak geçiyordu yanı başımdan. Kafam bedenime ağır gelirken kalbimin bir köşesinde açılan boşluğun hava aldığını hissediyordum. Biliyordum hep boş kalacaktı. Kafam bedenime ağır gelecekti ve ben yıkılacaktım.

Elimden fırlatmak istediğim valizime baktım göz ucuyla. Anıları da toplayıp bir valize atmanın çaresi olabilseydi keşke. Elime ne geldiyse içine attığım bu ağır yük içimdeki sancıyı yokluyordu. Geldiğim gibi geri dönüyordum. Bu kadar şeyi götürmenin ne manası vardı sanki.

Buruşmuş bir bilet, rengi solmuş bir pasaport, suratsız bir güvenlik görevlisi. Acaba ne düşünüyor olmalıydı? Bütün gün burada durmak, insanların bin bir türlü sorunuyla baş etmek zor mu geliyordu? Neden yapıyordu o zaman bu işi? Neden kaçıp kurtulmuyordu kendini zorlayan şeylerden? Zorunda değildi, ellerini kıyafetlerimin üzerinde gezindirmek yerine şimdi çıkıp gitmeliydi buradan.

"Buyurun."

Sahte gülümsemesini iliştirdiği suratıyla pasaportumu yeniden bana uzatırken acı çekiyordu.

Zavallı dünya. Acımasız dünya.

Koltuğuma yerleştiğimde, uçağa her binişimde kafamda canlanan ölüm sahnemin gerçekleşmesi için ellerimi havaya kaldırdım. "Çok bir şey değil. Bu uçaktan bir ben düşeyim. Savur beni bulutların içine. Düşemesin hiçbir zerrem dünyanın üzerine."

Ölümün basitliğiyle alay eder gibi gülümsedim. Bedenimdeki izlerin ölümü bana getireceği inancıma bağlandım. Bağlılıklarımdan kopma korkusundan daha beterini yaptım. Onları sevdim, sevdikçe bütünleştim.

Şimdi ise her şey çok başkaydı benim için. Canımdan çok sevdiğim kadının bana kalan son cümlelerini tutuyordum elimde. Açmaya cesaretim var mıydı bilmiyorum ama bildiğim tek şey bana güzel bir final bıraktığıydı.

Elimde sıkı sıkı tuttuğum sevdiğimden bana kalan son mektuba baktım içimdeki hüzünle. Ellerim titredi.

Sonra yanımdaki koltukta oturan bebekle buluştu gözlerim. Hayatı yaşanılası kılan anların tadını çıkarmasını diledim. Ya da tüm kötülüklerden kendini korumasını. Bir gün gelecekti ve illaki bulaşacaktı o kötülüklere, tahmin etmekte zorlanmıyordum bunu. Sadece melek gözlerine bakıp bana gülümseyen o güzel yüzü için iyiliği diledim. Bir de çok sevmesini. Kaybetmemesini.

Şimdi tanımadığım, bilmediğim bu koca şehrin üstünden bakıyorum sana sevgilim. Kendime. Hatta anneme.

Bir gün elbet kavuşacağız.

Şimdi gidiyorum ama er ya da geç o toprak kokusunun yağmurla buluştuğu, beynimden, bedenimden, hislerimden yani benden geriye bir şeyin kalmadığı zaman yeniden buluşacağız.

Sana gelmenin başka bir adıydı benim için gitmek...

19.12.2016

Sevgilim...

Şu an yanında olmayı nasıl isterdim tahmin bile edemezsin. Başına omzumu koymayı, o güzel bakışların karşısında gözlerimi kaçırıp utanmayı.

Her şeyi anlatabilmek isterdim sana ama yapadım. Cesaretim yoktu bunu anlatmaya. O güzel ruhuna kıyamadım, kıyamazdım. Senin neler hissedebileceğini, kalbinin ne kadar kırılacağını bilemeyerek ardımda bırakmak benim için de çok zor bir karardı. Biliyorum neler düşündün bensizken, hissedebiliyorum. Suçlama şimdi kendini, kızma sakın. Kızacağın biri varsa eğer o sadece benim.

Kahve içelim mi demiştin o ilk karşılaştığımız gün. Umutsuzluğuma umut olmuştu sözlerin. O el değmemiş yokluğuma dokunmuştun ilk bakışta. Annen gibi sevdim ben seni, belki de gidişimin üstü kapalı bir açıklamasıydı bu.

Sen benim hayata dair ilk ve son umudum oldun. Ölmeyecek gibi yaşadım seninle. Unuttum çoğu zaman. Sonsuzluğu diledim ellerinde.

Bu gece ne uzun bir gece. Geceleri bu kadar karanlık mı olurdu sahiden? Ya da ben seninleyken fark edemiyordum belki de hiçbir karanlığı. Yıldızları ise göremez oldum buraya geldiğimden beri, iliklerime kadar üşüyorum sensiz.

Artık kızma kendine ve hayata sevgilim. Çok mutlu ol olur mu? Uzun yaşanılası bir ömür var önünde. Çok sev. Huzurla dol. Beni unut demiyorum ama beni hatırlama sakın bir başkasını severken. Bambaşka sev. Sadece yaşabildiğin kadar yaşa. Hayatı yaşanılası kılan şeyleri ben öğretemem belki sana ama küsme sakın hayata.

Sana gelmenin başka bir adıydı benim için gitmek...

Seni öylece bıraktığım, sorularla baş başa bırakıp çekip gittiğim için çok üzgünüm bir tanem. Sadece seni çok sevdiğimi bilmeni istiyorum. Seni üzmek değil niyetim. Mutlu olmanı her şeyden çok istiyorum.

Arada en sevdiğim şarkıları mırıldan olur mu? Hafızamda kalan en değerli anımdır sesin.

Elveda sevgilim.

Sana olan aşkım eşsiz bir sanattı.

Kendine iyi bak.

Elif.

- SON -